據聞每個月僅有兩天，
當四下被妖異的氣息深深籠罩時，
這家店的鐵門便會悄悄拉開……

在這裡交易的，都是——
真實、毛骨悚然的親身撞鬼經驗

怪談買賣所
專門收購現實世界的鬼故事
100
猫崎食品
宇津呂鹿太郎
你的
撞鬼經驗，我用
100圓買下了！
悅知文化

商い中

怪談
売買所
あなたの
怖い体験、
不思議な体験
百円で
買います

商い中

開店

荒廢的市場中　有一間隱祕的店家
這裡　交易著某樣「看不見的東西」
那就是　真實發生過的恐怖故事　神祕故事——怪談
我是這家店的老闆　宇津井鐘太郎

世上　有許多人
經歷過　匪夷所思的奇妙體驗

只要悄悄地光顧小店
告訴我這些體驗　我會支付您一百圓

或是反過來　您支付一百圓
就能聽到一則我所蒐集的
怪奇體驗故事

這間怪談買賣所　就是
以每則一百圓的價錢　買賣怪談的地方

顧客五花八門
怪談愛好家不用說
也有無法向任何人傾吐自身奇異的體驗
深深為此苦惱的人

本書是某年夏季　在怪談買賣所交易的怪談記錄

目次

鈴……

咦，清脆的鈴聲響起了

是擺在店頭的小梵鐘的聲音

看來有客人上門了……

一 訪客

一名女子正目不轉睛地看著店門招牌。

「一百圓收購您的可怕體驗、神祕體驗」。

和紙店面招牌上的毛筆字，以前曾有人因為字寫得漂亮，佇足欣賞了很久。這次的女子或許也是在賞字。

我決定出聲招呼：

「歡迎光臨。請問您有沒有什麼神祕的體驗呢？」

女子吃驚地看著我，表情轉為困窘。

她低下頭，片刻間若有所思，接著緩緩抬頭，小聲地說：

「有的，其實……我遇過一次奇怪的事。那件事一直讓我耿耿於懷，卻又沒辦法告訴任何人……。你可以聽我說嗎？」

「請進吧。」

我將對方領進店內，於是自稱石塚三紗的女士開始娓娓道來。

怪談敘述者——石塚三紗女士．三十六歲

那是六月的某一天，氣溫不冷也不熱。

我一早就出門辦事了。

我有個兒子，叫做小直。小直當時年紀還小，不能一個人在家，所以我把他送去給住附近的母親照顧，然後出門。

然而，我提前辦完了事情，下午一點左右就回到家。雖然也可以直接去母親家接小直，但我請母親幫我照顧到傍晚，想說難得的空閒，處理一下累積的家事好了。因為有小朋友在身邊，做什麼事都會不停地被打斷。

我收拾家裡，清掃了每一個角落，三點左右就結束了。

「啊，累死了。」

我整個人靠坐在客廳沙發上休息，不小心就這樣睡著了。

「叮咚。」門鈴聲把我吵醒。

「竟然睡著了！」我跳起來看時鐘，已經快四點。夕陽從窗外射進屋內。差不多該去接小直了。

可是有人來了。

平常我都會用客廳的對講機應門，但當時整個人慌了，因此直接跑到玄關去。

「哪位？」我對著門外問。

「我啦。」

是母親的聲音。因為已經接近傍晚時分，我以為是母親幫我把小直送回來了。

「媽？等一下喔。」

我正要開鎖，手卻停住了，因為總覺得怪怪的。

「口氣不對。」

我想了一下，發現是哪裡奇怪了。我的母親是千葉縣人，十年前搬到我住的大阪。她現在說話依然沒有關西腔，平常都講標準話。

此時門外傳來的聲音，腔調卻是關西腔。

若是母親的話，應該會說「是我」。

「媽……？」

我一陣不安，於是再問一次，門外的聲音回應：

「嘿呀，我啦。開門啊。」

心中一陣悚慄。門外的那個人真的是母親嗎？我窺看門上的貓眼。

母親就站在門外。平時的服裝、平時的髮型，怎麼看都是母親。可是沒看到小直。

相反地，母親的右手抱著一個古怪的東西。是一個洋娃娃。洋娃娃穿著華麗的藍色禮服，有著一頭長長的金色鬈髮。

我第一次看到母親拿那種東西。

「媽，那是什麼？」我困惑地問。

母親用關西腔回答：

「我剛好來附近，去買了麥當當。妳喜歡麥當當吧？一起吃吧。」

母親完全不提洋娃娃，突然亮出左手的褐色紙袋。上面印刷著黃色的M字商標。關西人都把麥當勞稱為「麥當當」，母親平常應該都是說「麥當勞」的*。

「先不管那個，媽，小直呢？」

「小直在家。」

「妳把他一個人丟在家!?」

「沒事啦。別管小直了，我買麥當當來了，開門啊。」

「怎麼可能沒事！妳居然丟下小直一個人在家！」

「嗯，我買麥當當來了。」

「蛤……？」

「我買麥當當來了，開門啊。我買麥當當來了、我買麥當當來了、我買麥當當來了、我買麥當當來了、我買麥當當來了……」

我從貓眼看見母親就像壞掉的機器般，不停地重複同一句話，背脊一陣冰涼。

那不是母親。雖然外表是母親，但那不是母親。

＊譯註：麥當勞（McDonald's）在日文中的發音為「makudonarudo」，在關西，一般簡稱為「makudo」（McDo），關東則簡稱為「makku」（Mc）。

不可能有這麼詭異的事，但我只能這麼想。

我拚命克制顫抖的聲音，說：

「媽，抱歉，我現在很忙，抽不開身。妳先回去吧。」

母親舉起紙袋，死纏爛打地繼續說：

「咦？我買麥當當來了。妳不是喜歡麥當當嗎？我們一起吃吧！開門啊！」

我打斷她，大聲說：

「今天不行啦！妳回去啦！拜託！」

結果長得跟母親一模一樣的那人無力地放下了左手。

「妳怎麼這麼無情！虧我買了麥當當過來！」

婦人說完轉向走廊。正當我以為她終於要離開的時候——

抱在她右胳膊裡的洋娃娃，猛地轉向了我。

我們四目相照了。

栩栩如生、閃爍著幽淡光澤的玻璃藍眼珠定定地看著我。

我一陣毛骨悚然，從玄關門退開，踉蹌地癱坐在地上。

抱著洋娃娃的婦人那拖沓的腳步聲逐漸遠離。可怕的腳步聲消失後，我依然好陣子都站不起來。

「小直！」

我猛地回神，衝向客廳，慌張地打電話。

「喂？怎麼啦？」話筒裡傳來母親平時的明朗聲音。

「媽？小直呢？」

「在家裡玩啊。妳要來接他了嗎？」

不管是聲音還是措辭，都千真萬確是母親。

「媽，妳剛才有來我家嗎？」

「妳在說什麼啊？我怎麼可能去？我在家顧小直啊，妳忘記了嗎？」

得知兒子平安無事，我渾身虛脫，淚水湧上眼眶。

「不好意思，可以再幫我看一下小直嗎？」

「可以啊。妳慢慢來。」

不過，找上門來的那個人，到底是什麼呢？

我尋思了一陣，忽然想到一件事。

我住的那棟大樓只要有人按門鈴，玄關的監視器就會自動啟動，拍攝訪客。

既然婦人站在那個位置，監視器應該拍到她了。

我按下對講機按鍵，上面顯示「錄影：1」。

我提心吊膽地播放影片。

畫面中空無一人。

只有無人的玄關景象默默無聲地播放了約三十秒。

先前我透過貓眼，確實看到有人站在門前。

然而，監視器卻什麼都沒有拍到。

那天上門來的、和母親一模一樣的婦人到底是什麼，我依然想不透。

〔解說〕　功虧一簣的妖魔鬼怪

石塚女士說完後，輕輕哆嗦了一下，彷彿想起來仍餘悸猶存。

「現在我只要聽到門鈴聲，還是會嚇一跳。那到底是什麼呢？」

「不知道，但似乎不是一般的幽靈。那東西變成了令堂的模樣呢。目的是為了進入府上。」

「……」

「全國各地都有變身成人的妖魔鬼怪。若是受騙，讓鬼怪進入家裡，會發生什麼事？沒有人知道，但絕對不會有好下場吧。因為從來沒聽說過讓這類鬼怪進入家裡的人怎麼了。既然沒有任何傳聞……表示引怪入室的人出了什麼不測吧。」

石塚小姐眉頭深鎖：

「一想到萬一那個妖怪再次上門，我就害怕極了。我該怎麼辦才好？」

「這類妖怪會巧妙地變身成親近的人，然則一定會有一兩個不對勁的地方。譬如說，有種叫做『獺』的妖怪，據說會變身成人，在深夜上酒行買酒。酒行老闆問：『誰啊？』原本應該要回答：『是我。』獺卻會回答：『哇啦。』還有，若問：『你是打哪來的？』獺就會老實回答：『河裡來的。』也就是說，雖然外表完全就是人，卻會被輕易識破真面目。」

「這麼說來，來我家的也是……」

「沒錯，拜訪府上的妖怪也是。外表不管怎麼看都是令堂，卻抱著洋娃娃，說話腔調也不一樣。問她小直怎麼了，也答非所問。有這麼多破綻，不管外表再怎麼相似，還是會露餡吧。」

「好像民間故事裡的狸貓……」

「是的。就跟狸貓一樣，就算變成人，還是會不小心露出尾巴，功虧一簣。所以，考慮到萬一又有這類妖怪上門，可以家人之間約定一個暗號。還有，即使上門的是熟悉的人，還是得仔細觀察有沒有不對勁的地方。只要有任何一點異狀，就應該懷疑可能是妖怪冒充的。」

我如此說明，石塚女士似乎稍微鬆了一口氣：

「謝謝老闆。回家以後，我會立刻想個暗號。」

「請務必這麼做。無論遇到什麼樣的妖魔鬼怪，重要的是拿穩心態，不懼不怕。」

「好的。還有……有人願意聽我訴說這件事，我真的很開心。這麼奇怪的事，我實在不知道能跟誰說，而且老闆沒有懷疑，聽我說到最後，我覺得心裡舒服多了。還有，得知原來從以前就有和我的經驗類似的傳說，讓我放心了。居然會覺得放心，實在很奇怪呢。」

「不，這一點都不奇怪。如果只有自己遇到這種怪事，一定會很不安的。但發現自己並不孤單，就會鬆一口氣。因為這表示任何人都有可能遇到一樣的事。」

石塚女士抿唇一笑。

難道她意外地喜歡恐怖故事？

「那麼，您的怪談，我用一百圓買下了，請收下。」

「啊，我都忘了。」

石塚小姐微笑，牢牢地捏緊我遞給她的百圓硬幣，踏上歸途。

完

二 驗證校園七大怪談

店面通道，走進了一名目不斜視年約六旬的先生。

敝店不論是外觀或營業內容都相當特殊，因此絕大多數的人都是提心吊膽地走進來，然而這位先生卻毫不遲疑、大步流星地直闖店內。

那位先生一看到坐在店內深處的我，立即笑容滿面地大聲道：

「你就是收購怪談的宇津井先生嗎！哦，我也遇到過奇怪的事喔，在讀國中的時候。你願意聽我說嗎？」

那位先生就要直接說起來，我連忙插話：

「求之不得。不過在那之前，可以先請教您的大名嗎？」

「啊，失禮。我叫宮內敏昭。啊，該怎麼說呢？其實這件事一直卡在我的心底。因為感覺說了也沒人會信，所以一直把它藏在心裡。好像這裡可以讓我一吐為快，才會找上門來。」

怪談敘述者——宮內敏昭先生・六十二歲

國二的時候，有一次我跟朋友一起在夜裡偷偷溜進學校裡。至於我們去學校做什麼，是為了驗證怪談。就是常有的「校園七大怪談」。

「音樂教室的鋼琴晚上會自行彈奏」、「理化教室的人體模型會四處走動」、「通往教室大樓屋頂的階梯會多出一階」等這類怪談。

當時我讀的國中所流傳的七大怪談，雖然也是這些司空見慣的內容，但我仍覺得非常可怕。

我們同班同學裡面有個姓中村的，他對那些恐怖怪談或靈異景點非常痴迷。

暑假在即的某一天，中村提議說：「我想驗證學校的七大怪談到底是真是假」。

我一方面覺得害怕，另一方面是愈害怕愈好奇，湧出了一點興趣，因此答應了中村的邀約。

中村又邀了班上另一名同學井出，我們三個人計畫在夜裡溜進學校，確定七大怪談是否真有其事。

我們討論何時行動，決定等到暑假以後再說。

但暑假活動很滿，要家庭旅行、又要上補習班、還要參加家族法會，我們三個人的時間遲遲兜不上。結果暑假都只剩下十天了，才終於能夠付諸實行。

晚上九點，我們在學校大門口集合。

家裡不可能讓小孩子這麼晚外出，所以當天吃完晚飯洗完澡後，我便謊稱「我頭痛，先去睡了」，關進自己的房間裡，然後再從房間窗戶偷偷溜出去。

我騎腳踏車到學校時，中村和井出已經到了。

我們留下腳踏車，三個人一起翻越大門。

從教室大樓一樓的男廁爬窗進去。中村已經趁白天的時候，預先把廁所窗鎖打開了。因為當時跟現在不一樣，學校大門到傍晚前都是開放的，任何人都可以進入校園。

就這樣輕鬆進入教室大樓，卻被夜晚校園的漆黑給嚇到了。真正伸手不見五指。我們三個都連忙打開手電筒。看得到的地方，就只有燈光照亮的範圍。

這麼濃厚的黑暗，我應該是生平第一次經歷。

我們僅憑手電筒的燈光，在漆黑的走廊上前進。

第一站是音樂教室。

「深夜無人的音樂教室，鋼琴會自行彈奏」，這個怪談是真是假？

進入音樂教室，裡面真的很恐怖。

室內有一座大鋼琴，牆上掛著貝多芬和莫札特這些音樂家的畫像。門是厚重的木板，必須雙手抓住用力扳動才能打開，而且木地板一踩上去就吱呀作響。窗上的白色窗簾髒兮兮的，污漬看起來就像人影，把人嚇一跳。超可怕的。

我們在裡面待了好一會兒，等待琴聲在黑暗中響起。

可是不管怎麼等，鋼琴都悄然無聲。這也是當然的吧。

看來音樂教室落空了，我們放棄，轉往下一站，理化教室。

「理化教室的人體模型會在夜裡走動」，這個怪談是真是假？

這裡也一樣，毫無動靜。

「通往屋頂的樓梯入夜以後就會多出一階」，這個怪談當然也一樣落空了。

我們也漸漸熟悉了黑暗，已經完全不怕了。

有點厭倦的我們三個決定如果下一站依舊落空，就打道回府，於是前往美術教室。從九點集合以後，已經過了一小時。

「掛在牆上的蒙娜麗莎像會大笑」，這個怪談是真是假？

美術教室在四樓，上樓之後的走廊中間處。

我們動手打開沉重的木門，一樣製造出刺耳的噪音。

好不容易開門入內，刺鼻的顏料氣味撲鼻而來。鋪木板的地面凝固著灑出來的五顏六色顏料，那斑駁的形狀，看起來就好像有人在那裡吐了一灘血。每踩一步，地板就吱呀亂叫，在漆黑的教室裡迴響。

可能是這些懼怕一點一點的累積，我記得當時這間教室的空氣與其他地方截然不同。明明是夏天，教室裡卻異常寒冷。

我們一邊前進，一邊尋找掛在美術教室深處牆面的蒙娜麗莎像。

「哇！」

井出驚叫，轉頭一看，原來他被層架上的石膏人像嚇到了。

「不要嚇人啦。」我們笑他，懼怕稍微緩和了一些。

我們來到美術教室最裡面，用手電筒照射牆壁。

牆上掛著許多名畫，然而應該在最右側的蒙娜麗莎像卻不見蹤影。只留下原本掛著畫的痕跡，畫作本身消失不見了。

「今天第一次發生怪事了！」

中村突然興奮起來，但我覺得一定是有人把畫拿走了。照常理來看，當然是這樣。

井出也用手電筒照著周遭四處，說：「有人把畫拿下來，收到別處了吧。」

中村興奮地嚷嚷著「是七大怪談」什麼的，而井出用手電筒照亮桌下等各個角落尋找蒙娜麗莎像。我呆呆地看著兩人的手電筒光束在漆黑的美術教室裡亂轉。

嗤。

就在這時，教室裡突然陷入一片漆黑。

三人的手電筒同時熄滅了。

「哇！」我們驚嚇、尖叫。

周圍被黑暗籠罩，什麼都看不見。

我連忙甩動手電筒，不停地按壓開關。黑暗裡傳出同樣扳動開關的喀嚓聲，應該是中村和井出吧。

可是，沒有任何一支手電筒亮起。

「你們還好嗎？」我問中村和井出。

「哎，怎麼搞的啦！手電筒壞掉了嗎？」井出說。

「怎麼可能三支同時壞掉！」中村大聲說。

「總之，開教室的燈吧。」

三個人裡面最靠近電燈開關的我折回門口，摸索著按下開關。

細微的嗤嗤聲之後，螢光燈亮起，美術教室亮了起來。

好刺眼！我反射性地閉上眼睛，再次睜眼一看，卻不見兩人蹤影。

「咦？」

沒有半個人。美術教室裡，只有我一個人孤伶伶地站著。
我連忙尋找桌底下或窗簾後方，但都沒發現人影。
刺鼻的顏料氣味、色塊斑駁的地板、層架上並排的石膏像、消失的蒙娜麗莎像……先前只覺得若有似無的詭異感，忽然排山倒海地席捲上來。
我不想繼續待在這種鬼地方了，好可怕，快逃吧！
我倉皇想要開門。
可是，這時我發現了一件事。進教室的時候我開了門，但後來並沒有把這道厚重的木門關回去。
門卻在不知不覺間關起來了。
我忽然覺得現在這狀況極其危險，使盡渾身之力把門打開，衝出黑暗的走廊，頭也不回地跑向樓梯。
從四樓一口氣往樓下衝。

我手揮得都快斷了，結果手電筒不知不覺間亮了起來，光圈眼花繚亂地上下亂舞。

樓梯中間的地方有平台。

平台牆上有面大鏡子，我看見自己跑下樓的身影倒映在上面。後方有什麼東西在動。

我驚嚇停步，定睛看鏡子，發現有個白色的人影追著我跑下來。我反射性地轉頭看後面，卻不見半個人影。

然而鏡中卻有白色的人影。

我嚇死了，為了甩開那影子，拔腿狂奔。

跑到三樓了。

我幾乎是連滾帶爬地衝下樓梯。

平台處的鏡子又倒映出追在我身後的白色人影。

「哇！」我發出慘叫，繼續衝下樓，來到了二樓。

就快到一樓了。

我拚命想跑出戶外，免得被抓到。

正當我在平台轉彎的時候，看到了鏡中自己的臉。

那張臉……在笑。

鏡中的我，正賊兮兮地對著我自己咧嘴笑。

明明我根本沒有笑。我嚇到連叫都叫不出來了。

我兩階併做一階地往下衝，最後五、六階直接跳下去。跳得太猛，差點一頭撞向正面牆壁，但總之我來到一樓了。

只要跑出旁邊的門，就可以逃出去外面了。

「門鎖應該可以從裡面打開。」我這麼想時，伸手要抓住門把。

然而別說門把了，那裡根本就沒有門！

「咦？怎麼會？」

我詫異不解，回頭一看，再往下還有樓梯。原來還沒跑到一樓。

我以為自己算錯樓了，繼續往下跑，沒想到那裡也沒有門。

我火速再跑下一樓，往旁邊看，一樣沒有門。

平台的鏡子裡，倒映出追上來的人影，還有賊兮兮地衝著我笑的我自己。可是，我無暇對著鏡子害怕。

再跑下一樓……往旁邊看，還是沒有門。再往下跑……不管跑下多少樓，樓梯仍無止盡地向下延伸，根本到不了一樓。

我完全嚇破膽了。

上氣不接下氣，根本跑不動了，白色的人影卻在後方窮追不捨，我不能停下來。

我已經不知道自己跑下多少樓了。

我忽然靈光一閃：這座樓梯，是不是沒辦法到達一樓？

教室大樓的另一側，還有另一座樓梯。

從那裡下去，或許就可以到一樓。

儘管毫無根據，但當時我就是這麼想。

又跑下一層樓後，我轉向走廊狂奔。不顧一切在漆黑筆直的走廊直奔到盡頭，從那裡的樓梯一口氣往下衝。

結果真的有。我看到通往戶外的門了。

「得救了！」

眼淚奪眶而出。

打開門鎖，轉動門把，門開了。

我跑出教室大樓，衝到大門，翻門出去。

門前只剩下我的腳踏車。我跨上車騎回家了。

就和溜出門時一樣，我偷偷進入家中。

心臟狂跳不止，結果我直到早上都開著燈不敢睡，但還是不知不覺間睡著了。

隔天醒來回想起昨晚，總覺得就像一場夢。我真的去了學校嗎？就算想問父母，我也是偷偷溜出門的，他們不可能知道。

我正在懷疑昨晚的經歷，注意到自己全身痠痛，兩腳更是整個鐵腿。是肌肉痠痛。因為我死命狂奔了好久，所以我能確信，那不是做夢。

不過，中村和井出真的讓人火大。

雖然不曉得發生了什麼事，但沒看到他們的腳踏車，表示他們自己先回家了吧？居然拋下我先走，真是一點義氣也沒有。

我打算在開學典禮那天，要狠狠地罵他們一頓。

然而，開學典禮那天早上，我一進教室，井出就衝過來罵我：

「那天晚上你怎麼自己跑掉了！」

「什麼？我才要跟你算帳呢！」我反駁說。

他卻頂回來：「你在講什麼啦！」

我們一見面就吵起來了。可是，兩邊的說法兜不上。

細問之下，狀況可離奇了。

井出說，在美術教室，三個人的手電筒都熄了，是他去開燈的。燈亮起來之後，他發現教室裡只剩下他一個人，我和中村不見了。出井害怕起來，出去走廊，跑下樓梯，發現平台鏡子裡倒映出跟在他身後的白色人影，而且鏡子裡的自己在笑。

井出遇到了跟我一樣的事。

而且不管怎麼下樓，都到不了一樓。最後井出從教室大樓另一側的樓梯下去，才終於離開大樓，翻過大門，發現只剩下自己的腳踏車，到這裡都跟我一樣。

莫名其妙。

我說我遇到一樣的事，井出也大吃一驚。

那中村呢？我和井出等著中村進教室，卻怎麼也等不到他。

這時鐘響了，老師進教室，宣布說：

「中村同學因為家庭因素，在暑假搬家轉學了。」

〔解說〕 誤闖異世界故事

宮內先生說完後，露出有些落寞的神情。

「宇津井先生，你覺得真有這種事嗎？如果有，這到底是怎麼一回事？」

宮內先生剛進店裡的氣勢消失無蹤，不安地看著我。

「我先回答您第一個問題。真有這種事嗎？您告訴我的，是您的親身經歷，對吧？」

「對，是我的真實經歷。」

「那麼就是真有其事。既然您說是親身經歷，我也相信就是如此。

接著是第二個問題，這是怎麼一回事？關於這一點，我只能說『不知道』。」

「就是說呢。莫名其妙呢。」

宮內先生似乎有些失望，低下頭去。

「但是，您所說的經歷裡面，發生了許多異象。逐一分析這些異象，或許能得到某些線索。」

聽我這麼說，宮內先生抬頭看我。

「逐一分析？」

「是的。怪談具備日常中絕對不會發生、讓人害怕的元素。在您的體驗之中，最大的特徵就是一個體驗裡面，摻雜了多種怪談的元素。」

「多種怪談的元素？什麼元素？」

「首先是山、海、廢墟這些『地點』的元素。不是有山中怪談、校園怪談那些嗎？您的經歷從地點的元素來看，屬於『校園怪談』。有許多人都在學校裡經驗到怪事。」

「也就是說，我的經歷算是校園怪談呢。」

「是的。其他也有些怪談，異象的重要元素是『物』。像是照片或電話的怪談。從這個角度來看，您的體驗也可以算是『鏡子的怪談』。鏡子也是常見的怪談重要元素，像是鏡中有什麼東西跑出來，或是破碎的鏡子不知不覺間恢復原狀。」

「我的經歷算是校園怪談，也是鏡子的怪談？」

「您的經歷中出現兩種異象，『鏡子裡倒映出不存在的事物』，以及『鏡中的自己做出和自己不同的行動』。」

「一個要素，有兩種異象……」

「其他還發生了一些較小的異象，像是消失的蒙娜麗莎像、同時熄滅的手電筒，還有一個奇怪的地方。我想確定一下，教室大樓裡面很暗，對吧？」

「對，一片漆黑。」

「那麼教室大樓外面呢？從廁所窗戶進入建築物以前怎麼樣？」

「那天晚上應該沒有月亮。不過雖然暗，卻不是一片漆黑。周圍也有路燈的光線那些。」

「我想也是。只要是在市區，即使入夜以後，也很難遇到伸手不見五指的黑暗。即使進入教室大樓，戶外的燈光還是會透過窗戶照射進來。您所形容的那種漆黑，是否很不自然？」

「啊，確實很不自然呢！」宮內先生睜圓了眼睛，接著又說：「不管是在走廊還是教室，在建築物裡面的時候，一直都是一片漆黑。」

「那麼樓梯呢？跑下樓的時候，樓梯也是一片漆黑嗎？」

「當時我嚇得六神無主，記不清楚了，不過印象中是一片漆黑。」

「那麼，您怎麼能看到鏡子呢？先不論後方追趕而來的人影，要在鏡中看見自己的表情，是需要一定程度的光線。在跑的時候，手電筒的光搖晃得很厲害對吧？應該不能指望手電筒的光。那您又怎麼會看見鏡中自己的臉呢？」

「被你這麼一說……說著說著我想起來了，開學典禮結束後，我發現另一件奇怪的事。我跟井出一起回家，離開教室走下樓，在樓梯看到平台的牆壁，發現那裡根本沒有鏡子。不是不見了，而是從一開始就沒有。所以那天晚上，我衝下樓梯看到的鏡子，是不存在的東西。我應該從入學以後就知道樓梯平台根本沒有鏡子，怎麼會到開學典禮那天才發現？井出也說他都沒發現。」

「在我認為，宮內先生您的體驗，算是一種『誤闖異世界故事』。」

「誤闖……什麼？」

「誤闖異世界故事。如果說，除了我們生活的世界以外，還有另一個世界，您相信嗎？那可能是異次元，或是另一個宇宙。」

「呃，我想都沒有想過。」

「所謂異世界，就是另一個世界。有說法認為，在我們生活的世界之外，還有形形色色不同的世界。量子論、量子力學這些學問，就是探討這方面的事，算是有科學實證的說法。而我經手的『真實怪談』當中，也有一些體驗，完全就是誤闖了另一個世界。這些經歷稱為誤闖異世界故事，從以前就有。比方說『祕村』或是『迷家』這類傳說。」

「那是怎樣的傳說？」

「『祕村』基本上是在山中迷路，發現一幢不可能存在的豪宅，入內一看，卻不見半個人影，然而屋內竟然準備了熱騰騰的美饌佳餚，庭院留著上一刻還有人在劈柴的痕跡。在如此神祕的豪宅裡休息之後再離開，結果又平安回到家了，是這樣的傳說。『迷家』也和『祕村』類似，在山裡發現夢幻大宅，入內之後，可以從裡面帶一樣東西回去，而那樣東西會為人帶來幸福。」

「但我並不是跑進那種神祕的屋子，只是進入學校裡面而已啊。」

「是啊。不過學校裡發生了許多怪事。也就是說，那裡不適用我們居住的世界的定律。」

「換句話說，那裡是異世界——另一個世界？」

「是的，誤闖異世界故事裡，也有些傳說和剛才的『祕村』等不同，是闖進和自己熟悉的地方一模一樣的異世界。也叫做『平行世界』。量子力學認為，與我們所在的世界重疊一般，有無數個一模一樣的不同的世界。而這些不同的世界，與我們的世界僅有細微的差異。」

「……？什麼意思？」

「在這裡的世界，您所就讀的國中樓梯，是沒有鏡子的，但您誤闖的異世界的學校裡有鏡子。並不是說哪一邊不對，而是存在著微妙差異的世界。」

「真的……」

應該是想要說「真的有這種事嗎？」吧。宮內先生忘了出聲，似乎正在努力理解剛聽到的難以置信的說明內容。

「不過，假設真有這樣的世界，我是怎麼跑進去的？」

「從廁所吧。」

「從廁所？」

「是的。廁所也是怪談的經典舞台，聽您的描述，您和朋友是從廁所，而且是從窗戶進去的。也許是從那一刻就闖入了異世界。實際上您也說，穿過廁所窗戶之後，四下就變得一片漆黑。」

「這跟從廁所窗戶進去有關係嗎？」

「異世界都是在經過平時人不會通過的地方時闖入的。窗戶並不是一般人會進出的地方，對吧？經過那裡，就等於是做了某些偏離平常的事。其他的通道，我還聽說過牆壁間的隙縫、拆下頂板爬上去之後的天花板上方、山中無人行經的獸徑等等。那天晚上，如果您不是從廁所窗戶，而是規規矩矩地走教室大樓門口進去，或許就不會遇到如此可怕的事了。總而言之，能平安歸來，總算是萬幸。」

「你是說，也有可能回不來？」

「是的。過去告訴我誤闖異世界經歷的人，都是成功從異世界回到原本世界的人。畢竟若是沒有回來，也無法告訴我了。聽這些從異世界歸來的人的說法，感覺即使有人回不來，也是理所當然的事。我們經常看到有人宛如遇上神隱一般，突然失蹤的新聞，我甚至覺得這些失蹤案當中，有幾成都是誤闖異世界，未能歸來的人。」

「那，搞不好，我也……」

「是啊，有可能現在仍被關在那間漆黑的學校裡……」

宮內先生低頭沉默，若有所思。

「中村好好地離開那裡了嗎？」

「不好說。如果他成功離開的話，或許就不會轉學了。」

「什麼意思？」

「一個人消失，是一件大事。我相信如果有人去了異世界，無法回來，在這個世界裡，就會以搬家或是在遠方的醫院住院等理由，被敷衍隱蔽。因為只要聽到現實中常見的理由，周圍的人也會輕易接受那個人消失的現實。」

「隱蔽……」

「我覺得這就類似大自然為了消弭矛盾而採取的行動，不是誰刻意這麼做的，而是某種我們無從理解的力量的作用。此外，好像有些情況，會變成那個人從來就不存在過。就算最近都沒看見某某人，詢問身邊的人，也會發現除了自己以外，所有的人都忘了有某某這個人。相較之下，說是轉學離開的中村同學或許算是好的。」

宮內先生眉心糾結，一臉奇異地注視著空無一物的空間。也許是我的說明遠遠地超出了他的預期。

為了把他拉回現實，我說：

「中村同學也有可能真的就像學校老師說的，只是突然搬家轉學而已。那天晚上也有可能他早就回到家，平安無事。」

一小段停頓之後，宮內先生展露淡淡的笑容，說：

「就是啊。或許中村只是搬家了而已。雖然內心的疙瘩並不是說完全消失了，但我感覺有稍微擺脫了那次經歷的束縛。」

「那太好了。若是還有什麼事，請您隨時再來。那麼，請收下。」

我說完，遞出一枚百圓硬幣。

「您的怪談，我用一百圓買下了。」

完

〈老闆的自言自語〉特別的準備

開店前，我會進行幾項特別的準備。

比方說梵鐘。

梵鐘用來擺在店頭，告知有客人上門。

開店前，我會把它輕搖一下。

梵鐘清澈的鈴聲，能滋潤看不見的存在乾涸的心靈，

讓它們鎮定下來。

接著做為修禊，身為店長的我會潔淨全身，搽上香水。

是很久以前，某個重要的人送給我的香水。

為什麼需要這些準備？

因為小店經手的商品是怪談。
怪談看不見、摸不著，卻擁有力量、
會引來看不見的事物，處理起來相當棘手。
若以污穢的身心接觸到怪談，
有時甚至可能害人喪命。

三 佛堂

「咦？這裡？你想進去這裡嗎？」

「嗯，我想說出春假旅行的事。」

我聆聽著外頭傳來的對話聲，這時梵鐘清脆地一響，有兩個人走了進來。

男孩轉動著渾圓大眼，觀望著店內。

陰暗的空間裡，紅色與青色的燈光中浮現出幽靈畫掛軸、破掉的紙門，以及骷髏和狐狸面具……

母親似乎也有些不知所措，但一看到我便說：

「請問，這裡收購可怕的故事，是嗎……？」

「小店收購真實體驗。請問兩位遇到了什麼可怕的事嗎？」

「是的，是這孩子遇到的。」

聽到這話，男孩的表情緊繃起來。

「我是店長宇津井鐘太郎。請問貴姓大名？」

「我叫馬渕聰，讀小學四年級。我有話想要說……」

怪談敘述者——馬浏聰同學・九歲

去年春假，爸爸媽媽跟我三個人全家開車去旅行。旅行超好玩的，可是遇到奇怪的事。

旅行回家的路上，已經是晚上了，因為我們很晚才出發。車子一上高速公路，就下起了大雨。而且前面好像出了車禍，高速公路塞車，開得很慢。

爸爸和媽媽在車子裡說，這樣下去，到家都三更半夜了，決定在外面多住一晚。爸爸和媽媽好像覺得很麻煩，但我因為旅行又能多玩一天，覺得很幸運。

車子下了高速公路，開進山區。看起來就是鄉下。

爸爸在開車，所以媽媽用手機找旅館。

找到一間有空房的旅館，車子在傾盆大雨中，於漆黑的路上開了差不多一個小時。

到旅館的時候，雨已經變小了。

那家旅館很小，而且超級老舊，感覺有點恐怖。

我一看到那家旅館，心裡就想：「真不想住在這裡。」

我在想這些的時候，爸爸和媽媽已經跟旅館的人談好，決定住宿了。

旅館的人把我們帶去一間鋪榻榻米的和室。

房間有窗戶，有壁櫥，還有一台老舊的小電視，很普通，但房間深處的紙門讓我覺得很不舒服。

我因為好奇，打開紙門查看，發現裡面還有另一個房間。

也是一間差不多大的和室。

深處有一座大佛壇，除此之外什麼都沒有。

爸爸告訴我，放置佛壇的房間叫做「佛堂」。

而且，牆上還掛了好多照片。

也是爸爸告訴我的，那叫做「遺照」，是死人的照片。遺照都是古老的黑白照，雖然我沒有仔細看，但應該多半都是老爺爺和老奶奶的照片。

佛堂沒有別的門了，只能從我們住的和室進去。因為是紙門，所以也不能上鎖。於是爸爸說，我們應該也可以用那間佛堂。

可是，有大佛壇和許多遺照的房間很恐怖，我關上紙門後，心想才不要打開。

因為很晚了，我們決定趕快睡覺，三個人鋪了床，關掉電燈。
爸爸和媽媽一下子就睡著了。
至於我，怎麼樣都睡不著。
還醒著的就只有我。
這也讓我感到害怕，在被窩裡不停地翻來覆去。

不曉得過了多久，不知不覺間雨停了，變得好安靜。
忽然間，我覺得隔壁房間傳來人的聲音。
聽起來像是老奶奶小聲在說什麼的聲音⋯⋯
我連忙從被子裡伸出頭，望向通往佛壇的紙門。
什麼聲音都沒有。
可是，正當我心想「是心理作用」，再次躺回枕頭的時候，聽到了老爺爺的聲音。這次的聲音一清二楚。

還有人在房間裡走動、小聲交談的聲音。聽起來好像人愈來愈多了。明明要進去隔壁房間，非得經過我們睡覺的房間不可。

然後是許多人在榻榻米坐下來的聲音。

漸漸地，不管是人聲還是走動的聲音都消失了。

因為安靜了好陣子，我以為隔壁的人離開了，鬆了一口氣，結果這時傳來一道鈴聲，是佛壇上的大磬——那好像叫做「御鈴」——的聲音。

噹噹。

接著響起齊聲唸咒般的聲音。我曾在親戚的葬禮上聽過，應該是在誦唸經文。

每個人的聲音很小，但許多人一起唸，所以聽起來很大聲。

我很害怕，但又很好奇，想要看看隔壁房間到底在做什麼。

把紙門打開一條縫看看嗎？

可是還是好害怕。可是又好想看。

我猶豫了老半天，決定就只看一下下。

我輕手輕腳地爬出被窩，慢到不能再慢、無聲無息地把紙門推開了一點點。

從門縫間看到的，是黑暗中被佛壇的燭光照亮的、許多黑衣人跪坐在壇前的背影。雖然看不到臉，但房間裡坐滿了人，正對著佛壇誦經。

我又驚又怕，原本想靜悄悄地關上紙門，卻不小心弄出了輕微的「啪」一聲。

瞬間，誦經聲停了。

被發現了！我連忙鑽進被窩裡。

我全神貫注聆聽紙門另一頭的聲音，聽見了悄聲對話的聲息。

好像是在討論什麼。想像他們可能是在討論要如何懲治我，我就害怕得不得了。

一會兒後又安靜下來了。接下來就再也沒有任何動靜了。

我在被窩裡不住地發抖，心想，萬一他們不是人，而是遺照裡面跑出來的鬼，那該怎麼辦？萬一那些鬼跑來找我怎麼辦？

沒多久，我感覺到紙門安靜地滑開了。

線香的氣味濃濃地飄了進來。

感覺有人站在我的枕邊。

我一清二楚地感覺到，那人正目不轉睛地看著我。

我什麼都沒看到！我什麼都不知道！放過我！我緊緊地閉上眼睛，在被窩裡拚命地祈禱。

我不曉得就這樣僵硬不動過了多久。

忽然間，紙門安靜地被關上，再次傳來低沉的誦經聲。

我就這樣在被窩裡縮得小小的，一動不動，承受著恐懼。然後不知不覺間睡著了。

醒來的時候，已經是早上了。

我把昨晚的事情告訴已經醒來的爸爸和媽媽。

兩人都說「怎麼可能」，但還是看了一下隔壁的佛堂。

爸爸打開紙門，卻看見那裡只是一間普通的和室，收著棉被。佛壇和遺照都不見了。

但要進去這個房間，只能經過我們一家人睡覺的房間。

於是，我們火速逃離了那家旅館。

〔解說〕所謂異象

聽同學說完後，轉頭看向母親。

母親一臉為難，說：

「是真的。我跟外子都睡著了，所以都沒發現兒子說的事，但我們確實住在那家旅館。還有晚上看到的佛壇，到了早上就不見也是事實。我兒子說的是真的。」

我點點頭，母親遲疑地接著又說：

「其實……這件事還有後續。我們離開旅館，開車開到一半，發現忘了東西。我們把正在充電的手機忘在旅館裡。可是折回去一看，旅館卻不見了。連個影子都沒有。只有我的手機，掉在雜草叢生的空地上。我兒子一上車就睡著了，所以不知道這件事。」

聽同學一臉震驚，我問他：

「我可以請教幾個問題嗎？」

「可以。」

「如果半夜隔壁房間傳來誦經之類的怪聲，一般來說，應該都會想要叫醒睡在旁邊的爸爸或媽媽，為什麼你沒有這麼做？」

「唔……我沒想到要叫醒他們。我也不曉得為什麼……」

「這也難怪。這似乎是常有的事。很暗的話，為什麼不開燈？聽到怪聲音，為什麼不錄下來當成證據？事後可以想到很多做法，當下卻不知為何就是想不到，就算想到，也做不到。就算想開燈，燈也不亮；就算想錄音，也錄不到。我想那個時候就算聽同學想要叫醒身邊的父母，他們也不會醒來。」
不只是聽同學，母親的表情也變得僵硬。
「消失的那家旅館，後來不管上網怎麼查都查不到。我們是被什麼引誘、還是被挑中了嗎？」
母親聲音發顫地問。
「不清楚。像我這種蒐集怪談的人，會把這類神祕的現象稱為『異象』。異象相當棘手，有太多不明白的地方。有些時候，只是剛好在那裡就遇上了，也有些時候，是異象靜靜地埋伏，等人自投羅網。似乎也有些時候，異象會基於某些理由，挑選特定的人，把人引誘過去。」
「咦？我們是被引誘過去的嗎……？」
「這不好說。這次的事，始於府上一家因為大雨而離開高速公路，搞不好那場大雨，也是為了把你們一家人引至旅館而安排的。但遺憾的是，異象是不可見的世界之物所引發的現象，因此我們無法理解它的全貌。」

兩人神情凝重，我接著說：

「也因為這樣，最好不要想太多。想也沒用的事，對它牽腸掛肚對自己不好。雖然遇到奇妙的事，但你們一家人都平安歸來了，此後也沒有發生奇怪的事。這樣不就好了嗎？」

母親輕嘆了一口氣，露出若有所思的樣子，接著點了點頭。看到母親那模樣，聽同學似乎也放心了。

感覺得出來，原本充斥店內的陰沉氣氛靜靜地散去了。

「謝謝老闆。我們回家吧。」

兩人起身，我連忙挽留道：

「請等一下，請收下這個。」

我遞出一枚百圓硬幣。

「啊，對了，一百圓。拿去吧，小聰。」
聽同學伸出小小的手掌，接過百圓硬幣。
「您的怪談，我用一百圓買下了。」

完

四 夜班保全

「晚安。您對怪談有興趣嗎？」

一位先生在店門口來來去去了好一陣子，我出聲招呼。

「嗯……」

那位先生沒有看我，不甚起勁地應了一聲。

「您遇到了什麼奇妙的事嗎？」

「唔……」

雖然不清楚他是否有興趣、是否想要傾吐，但我邀請他入店，他順從地跟了進來。

先生自介名叫岡島基樹，三十歲。

「那個……其實我來過好幾次，可是每次都沒開。今天過來一看，居然在營業，所以我嚇了一跳，以為是幻覺。呃……我可以說說我大概五年前遇到的一件怪事嗎？」

岡島先生雖然仍有些不知所措的樣子，但意外條理分明地說起了故事來。

怪談敘述者——岡島基樹先生・三十歲

二十五歲的時候，我在鄉下地方某家百貨公司打工當保全。說是百貨公司，也只是一棟小小的四層樓建築物，不過因為是鄉下地方，我覺得這樣就已足夠了。四周也沒有什麼大店家。

其實，這份工作我做沒多久就辭職了，就是那時候遇到的事。

我大多是上晚上八點到早上八點的夜班。

工作內容，就是監視有沒有小偷或可疑人物溜進店裡。鎖好建築物門窗，每隔兩小時巡邏一次，工作內容就這樣而已。基本上是一個人值班，但新人在熟悉工作內容之前，會和前輩一起搭檔。

事情發生在我打工滿一星期的晚上。

工作上手了，我差不多可以一個人巡視場內了。

凌晨三點的巡邏時間，我和前輩分頭巡邏。我巡一二樓，而前輩巡三四樓。

這是我第一次自己一個人巡邏。

館內的燈都熄了，一片漆黑。我在各處亮起的緊急逃生門紅色燈光中，靠著手電筒的燈光前進。我留意各種異狀，四處查看有沒有可疑人影，或是外人闖入的痕跡、被翻箱倒櫃的地方。

一樓一切正常。

我順著樓梯上去二樓。二樓是女性服飾賣場，佇立在黑暗各處的人形模特兒就像活人一樣，很恐怖。

雖然有點可怕，但這家百貨公司不算大，而且看完二樓，就能回去明亮的警衛室了，我依著規定的路線巡邏。

不經意地往前一看，我發現那裡有東西。

黑暗的通道前方，地板有一部分朦朧地亮著，有個又黑又圓的東西。

那種地方怎麼會是亮的？

那個圓圓的東西是什麼？

我納悶地靠近，黑色的東西倏地轉了過來。

「哇——！！」

我失聲慘叫，跌了個四腳朝天。

是一顆男人的頭。地板微亮的地方，竟掉著一顆人頭。

人頭的臉嘴巴一咧，大聲笑了起來。

「哇——！！」

我再次尖叫，四肢跪地就要跑。

結果人頭說話了。

「年輕人、年輕人，別害怕。看仔細一點，我不是鬼。」

仔細一看，那並非人頭，是正在維修電梯的活生生的修理人員大叔。

大叔人在電梯裡，頭露出半敞的門縫間。不過，大叔所在的電梯廂位置很下面，導致大叔的頭落在地板的高度。所以看起來才會像是一顆人頭擺在地上。

明白了看起來像人頭的理由，我鬆了一口氣。

「年輕人這麼沒膽！」

大叔又發出大笑。

可是，我沒聽說有維修電梯的工程。是前輩忘記告訴我了吧？害我出了這麼大的糗。

我回到警衛室，向已經回去的前輩抱怨：

「你怎麼沒跟我說有電梯維修工程！害我差點嚇到屁滾尿流！」

「咦？今晚哪有什麼維修工程？要是有的話，我一定會跟你說啊。」

「咦……？」

我把剛才發生的事告訴前輩。

前輩慌忙跑出警衛室。

我們一起去到二樓的那個地點，卻沒看到剛才那個大叔。

不僅如此，那裡根本就沒有電梯。

我沒有繼續做保全的打工，就是因為遇到這件怪事。

〔解說〕　熱鬧的白天，寂靜的夜晚

「我常聽到保全人員遇到怪事。」我說。

「為什麼保全那麼常遇到怪事？」

「原因很多，白晝與夜晚的氛圍天差地遠，或許這是很重要的因素。白天的百貨公司人來人往，熱鬧滾滾，然而，入夜之後卻空無一人，安靜得無法想像。這樣的落差，就是招來怪奇現象的原因吧。學校和遊樂園也是，白天與黑夜，熱鬧與寂靜的落差極大呢。這樣的地方，似乎也容易發生異象。」

岡島先生茫茫然地自言自語說。

「確實，校園怪談多如牛毛。不過那家百貨公司，從來沒聽說過有工人死在電梯之類的事。我怎麼會撞鬼呢……？」

我回應：

「不一定是在那裡過世的人變成了鬼。也有許多例子，完全不明白某個地方怎麼會鬧鬼。明明不是古戰場，卻出現敗逃的武者鬼魂，或新落成的安養院出現小孩的鬼魂。出現與當地無關的鬼魂，應該有某些理由，但我們這些老老實實地活在這世上的人，實在是無從得知箇中玄妙。」

「是這樣啊……」

「是的。那麼，請收下這一百圓。」

我說完，遞出百圓硬幣。

岡島先生伸手要接，卻忽然停住，與我對望。他似乎有話想說。

「怎麼了呢？」

「老闆認真地聽我說完，讓我心裡輕鬆了一些，謝謝你。所以，就是……我可以跟朋友介紹這裡嗎？我想一定也有別人就像我一樣，覺得說出來也沒人會信，只能一個人積壓在心底。」

「當然可以。」

岡島先生收下百圓硬幣，緊緊地捏在掌心，平靜地說：

「真的很謝謝你。」

「您的怪談，我用一百圓買下了。」

完

五 鈴聲

「哈囉～，不好意思～」

一名國中生站在店門口，像是懷裡有寶貝似的，緊抱著學校規定的書包。

「歡迎光臨，請進。」

我請對方進來坐，女同學抱著書包的雙手微微使勁，遲疑地走進店裡來。

「我叫宇津井鐘太郎。」

「我叫矢上紗希。」

「矢上同學，您遇到什麼奇妙的事嗎？」

矢上同學輕輕地點頭說「對」。

「我遇到一件奇怪的事，一直卡在心裡。我可以跟你說嗎？」

「求之不得。」

於是，矢上同學期期艾艾地說了起來。

怪談敘述者——矢上紗希同學・十三歲

那是我小學二年級的時候遇到的事。

當時我們家住在大樓的四樓。

那天，讀六年級的姊姊去畢業旅行不在家，我第一次一個人睡。那時候應該是五月吧。

我的床在上鋪，平常的話，上床之後都會跟下鋪的姊姊天南地北地亂聊一陣。

那天只有我一個人，實在很寂寞。不過我忍耐下來，閉上眼睛，希望快點睡著。

鈴，鈴鈴……

不知不覺間睡著的我，被鈴聲吵醒了。

鈴鈴……鈴……鈴鈴……

某處傳來細微的鈴聲。

我抬頭張望，想要弄清楚聲音是打哪來的，發現似乎是房間深處的窗外傳來的。

也許是哪一戶人家的貓在外面玩耍。

我喜歡貓，所以想看看是怎樣的貓。

我搭著上鋪床沿，悄悄爬下梯子，走到窗邊，打開窗簾想要看外面。

可是房間窗戶是霧面玻璃，外面又是暗的，即使把臉貼在窗邊，也什麼都看不見。

鈴……。鈴聲又響了。果然是從窗外近處傳來的。

我正要開窗，驚覺了一件事。

我們家位在四樓，房間外面沒有陽台，除非飄浮在半空中，否則不可能停留在窗外。

我心想，這聲音不是貓的鈴鐺。

鈴。

仔細一看，窗戶外面有一團黑色的球狀物。

鈴鈴、鈴……

隨著鈴聲，那團球狀物微微地動了。

就在這瞬間，我看出來了——

那是一顆又黑又圓的人頭。

有人背對著這裡，浮在半空中。

那個人慢慢地就要轉身。在一片漆黑之中，霧面玻璃另一頭的人，筆直地看著我。

我嚇得魂飛魄散，火速衝回床上，用被子蒙住了頭。

鈴……鈴鈴……

鈴聲響個不停。

鈴……鈴鈴……

聲音不停地傳來。

忽地，聲音變大了。

不對，不是聲音變大了，而是變近了。

聲音在房間裡響起。

發現這件事，我悄悄地從被子裡偷看。

房間裡站著一個女生。

昏暗之中，也能清楚地看見她的身影。留著娃娃頭，穿著紅色百褶裙，很像學校制服的裙子。

臉對著這裡，由於背光，看不見。

我連忙再次用被子蒙住頭。

怎麼辦？被發現了。

那個女生發現我看到她了。

「鈴鈴鈴」的聲音再次逐漸逼近。

好像來到上下鋪的底下了。

我忍不住想，為什麼偏偏選在這種姊姊不在家的日子？

明明看不見，我卻十分明白那個女生正仰望上鋪。

腦中浮現她的身影。

我一直抖個不停，驀然間，鈴聲停止了。

我從棉被隙縫間，想要不被發現地偷偷看外面，但還是沒有聲音。

或許走掉了。

我還是很害怕，又繼續等了一陣子。

等了相當久，我覺得應該沒事了，悄悄地把臉探出來……

那女生的臉就在眼前。

瞪得老大的一雙眼睛，就近在眼前。

我不記得後來怎麼了。

我可能嚇昏過去了。

清醒過來的時候，已經是早上了，房間裡沒有那個女生的身影。

我懷疑自己做了夢，卻立刻發現那是真的。

因為睡前應該拉上的窗簾卻是開著的。

〔解說〕 異象開始的信號

「那不是做夢。我每天晚上睡覺前，都一定會把窗簾拉上。那天晚上是因為想看貓，才會把窗簾打開。可是沒有人相信我說的話……」

我斬釘截鐵地說：

「我相信。我相信那天晚上您遇到的事不是做夢，而是真的。」

矢上同學微微地笑了，但她立刻正色問我：

「可是，我怎麼樣都想不起那個女生的長相。明明在那麼近的地方看到，卻完全想不起她的臉，只記得那雙睜得老大的眼睛。」

「說來奇妙，據說撞鬼的人經常可以明確地記得鬼的髮型和服裝，卻記不得長相。就像罩了一層霧一樣，怎麼樣都想不起那張臉。」
「就像罩了一層霧？」
「會變得朦朧模糊，看不清楚。」
「就是啊。還有，我聽到的鈴聲究竟是什麼？那個女生身上又沒有佩戴鈴鐺，手上也沒有。」
「異象發生時，似乎偶爾會聽見鈴聲。我也聽說過，有人聽到鈴聲，正覺得奇怪，結果腳邊突然冒出一顆人頭。」
「咦！太可怕了……」
「雖然不清楚為什麼，但鈴聲應該是異象即將發生的信號。」
矢上同學開始發起抖來。得知自己的體驗不是做夢，她放下心來，同時卻也因為真的撞鬼了，而感到害怕。
「我要回去了。謝謝你。」

矢上同學突然站起來，我說：

「請收下。」

見我輕輕遞出百圓硬幣，矢上同學瞬間露出訝異的表情，但隨即收了下來。

「這麼說來，招牌上寫說用一百圓收購怪談呢。」

「是的。您的怪談，我用一百圓買下了。」

完

六 他們在看我

鈴……

梵鐘的聲音響徹四下。

「請進。」

我出聲招呼，隨著一聲清亮的「打擾了」，一名女士走進店內。

女士看了看掛在牆上的幽靈畫掛軸，被其中一幅吸引般靠了過去。

她目不轉睛地看著眼神空洞、怨恨地望向這裡的女幽靈。

「每一幅畫都很棒，但這幅特別出色……這雙眼睛好像要懾人心魄一樣……」

「那幅畫出自知名畫家的手筆。」

聽到我的聲音，女士嚇了一跳，轉向我這裡。

「不好意思，被店裡的氛圍給嚇住了……。那個，我是來說說我的遭遇的。」

怪談敘述者——五十嵐奈緒子女士・五十五歲

我叫五十嵐奈緒子，是小學老師。

我任職的學校，學生從四年級開始就要參加社團活動。

社團活動每星期一次，星期三下午，四年級到六年級一起進行。地點的話，運動社團在體育館或操場，文化社團則在各社團教室。

我是美術社的顧問老師，社團活動在美勞教室。

那是距今二十五年前的事了。

當時學校有新舊校舍，社團活動的美勞教室位在舊校舍。舊校舍是非常老舊的二層樓建築物，美勞教室就在它的二樓。

教室很大，能容納得下四十名學生，大家可以坐得很寬，擺上畫架畫圖。應該是興建當初，學生數量很多吧。

地面是木板地，滴滿了顏料。教室後方掛了許多裱框的複製世界名畫，窗邊有木製層架。

層架上擺著不曉得從什麼時候就在那裡的古老雕像，其間有幾座胸像。胸像就是用來練習素描的半身人像。石膏像相當逼真，只有胸部以上，沒有手臂。

教室裡雜亂地擺放著這類美術相關的物品。

進入四月，美術社也有許多剛升上四年級的小朋友加入。

事情發生在那一年第二次的社團活動日。

午休結束，我進入美勞教室，小朋友們都已經來了。

我一個個點名叫名字，卻少了一個小朋友。

是讀四年級的男生高梨。

他這天有來上學，上午的課好像都有出席，可是卻沒有來美勞教室。人跑去哪裡了？得把他找出來才行。

我交代學生們自己畫畫，就回到了職員室，和其他老師在校園裡尋找高梨。

一會兒後，我們找到了高梨。

他躲在舊校舍一樓的倉庫裡。

「你怎麼沒有來美勞教室？」我問。

「因為他們在看我……」高梨說。

「他們？誰在看你？」

「他們在看我，所以我不想去。」

「你說誰在看你？」

「就是在看我……」

無論怎麼探問，高梨都只是重複「他們在看我」，不肯再透露更多。

「是有哪個高年級的同學會瞪你嗎？」

「不是，他們在看我。」

「有誰在騷擾你嗎？」

「不是，就是在看我啦。我很怕。」

說著說著，我想到了一件事。

老闆知道「蒙娜麗莎效應」嗎？

有時候會覺得不管從哪個角度看，畫中人都在看著自己。這就叫「蒙娜麗莎效應」。

掛在美勞教室裡的許多名畫當中，也有人物畫。高梨可能覺得畫裡的人在看他，而感到害怕。我如此解讀。

我安撫高梨說：

「掛在教室後面的畫，就只是普通的圖畫而已。會覺得畫裡的人在看你，只是刻意畫成那樣而已，不用害怕的。」

結果，這天高梨早退回家了，但他答應下星期會來社團活動。

一星期過去，又到了社團活動時間。

我去到美勞教室，一如往常地點名。

可是高梨又沒有來了。他應該有來上學。

我到處找他，在上星期的倉庫裡面找到人了。

「你怎麼沒來社團活動？」我問。

「他們在看我。」他又說。

高梨非常害怕。我拿他沒辦法，這天也讓他早退了。

後來，高梨轉到別的社團去了。

又過了五年，舊校舍要拆除了。

三月，結束最後一次社團活動的我，放學後去了舊校舍。

因為每個星期三我都在這裡帶學生進行社團活動，尤其是美勞教室，更是充滿了無數回憶。

一想到它即將消失，我實在好捨不得。

我想要在最後拍下照片，記錄我在這裡活動時的樣貌。

當時還沒有手機，也沒有數位相機，只有底片相機。

我依序拍下校舍外觀、走廊、階梯，最後走進美勞教室。

一走進教室，熟悉的顏料氣味便刺激鼻腔。當時已經傍晚了，窗外射進來的夕陽將整間教室染成了橘色，很安靜，很美。

我在教室各處拍下許多照片。一想到再也無法回到這間美勞教室，我實在忍不住要拍下它的身影。

相機裡的二十四張底片全部拍完後，我花了許多時間向美勞教室道別，然後離開了。

隔天照片洗出來了。

膠捲底片在拍攝的當下，並不知道拍到了什麼。必須把底片送去相館沖洗，顯像在相紙上。大概得花上一天的工夫。

我領了照片，一回家立刻拿出來看。

舊校舍的外觀、走廊、從樓梯仰望的角度……我依照拍攝的順序看著照片，終於來到美勞教室裡面了。

第一眼看到那張照片，我因為驚嚇過度，「哇！」了一聲，把手中的相片拋開了。

緊接著我想起了高梨的話。

「他們在看我……」

在美勞教室裡拍的照片，拍到了幾尊架子上的胸像。照片裡石膏製的純白胸像，其臉上竟然有著不應該有的、活生生的眼珠子。

漆黑的眼珠子炯炯對著相機，從照片裡瞪著我。

「他們在看我……」

而且下一張照片、再下一張照片也是胸像，拍到的每一尊胸像臉上都有眼睛。

不管從哪一個角度拍到的胸像，都一樣瞪著鏡頭。

「原來高梨是在說這個嗎？」

我忍不住喃喃自語。

緊接著，我把那些照片和底片全燒掉了，一張不留。

因為我不想把可怕的照片留在身邊。

這就是我遇到的怪事。

〔解說〕　眼神的力量

五十嵐女士說完後，低著頭，朝上看著我的眼睛。

我們對望了。她的眼神彷彿在說：「這樣的內容還可以嗎？」

我苦笑說：

「都說眼神更勝千言萬語，或眼睛是靈魂之窗，與人對望，即使不必交談，有時還是能感應到彼此的感情呢。我認為想要與別人心靈交流的時候，好好地看著對方是很重要的。」

我的話應該讓五十嵐女士認為自己的體驗被相信了，她似乎稍微放鬆下來。

我接著說。

「不過，您的體驗相當詭異。」

五十嵐女士聽了立刻又繃緊表情問：

「我在那間美勞教室教小朋友畫圖做勞作好幾年了，可是看到胸像有眼睛的，只有我和高梨兩個人，這是為什麼？」

都已經是二十五年前的往事，但對五十嵐女士來說，這個體驗一直讓她難以釋懷吧。

「其實，每個人都看到胸像上的眼睛了吧。」

「什麼意思？」

「一般來說，石膏像不可能有活人的眼珠。人只要相信不可能，就會視若無睹。比方說，每個人應該都有這樣的經驗，明明橡皮擦就在眼前，卻認定沒有，四處尋找。東西不可能在那裡，這樣的成見讓我們變成了睜眼睛子。」

「所以……只有那孩子看到了？」

「沒有人發現，卻只有高梨同學發現，這或許是因為高梨同學的心地非常單純吧。他能原原本本地看到存在的事物。雖然也因此而飽受驚嚇。」

「那我呢？」

「五十嵐女士的話，我想是因為拍了照片的關係。以前有人在美勞教室拍過照片嗎？」

「沒有，那是第一次。」

「我想也是。照片會呈現出原本的樣貌——即使那是常識無法想像的形貌。如果胸像有眼睛，照片裡的胸像就會有眼睛。」

五十嵐女士安靜而專注地聆聽我的說明，但似乎仍有疑慮。

「您有沒有聽說過，靈魂會跑進娃娃裡面？」

「有的。」

「自古以來就有許多古老的娃娃頭髮會變長，或是在夜裡走來走去的傳說呢。據說娃娃因為外形和人類一樣，所以死人的靈魂容易附身在娃娃身上。胸像是不是也是如此呢？有臉這一點特別重要。就像我剛才說的，眼神更勝千言萬語，也是靈魂之窗。即使沒有手腳，美勞教室裡的各個胸像裡，或許也乘載了許多人的靈魂。」

「靈魂……」

「因為是用來練習素描的作品，它們應該在幾十年的歲月間，被上百名、上千名的小朋友細細地注視著。而且小朋友們不是把它們當成一團石膏，而是當成『人』來看。也許是如此經年積累了人們的感情和意識，讓胸像召來了靈魂。因為眼神是有力量的。」

五十嵐女士的表情稍微變了。

「這麼說來，我曾經感應到別人的視線。年輕的時候我學過戲劇，有一回走路去排戲的時候，背後有種熱辣辣的奇怪感覺。回頭一看，戲劇老師就在那裡。老師說他一時興起，想要用眼神讓我回頭，在視線裡使勁，注視我的背影。」

「這個體驗真是有意思。這就是人的目光所具備的力量吧。不管是運動選手還是藝術家，都會專注於一點，緊盯著不放。我想人可以藉由這麼做，發揮某種看不見的力量。眼睛的力量換個說法，或許就是意志的力量。」

再來看看五十嵐女士的表情，她似乎以自己的方式消化了這段奇妙的體驗。

「這件事我告訴過許多人，但這是第一次這麼深入討論。」

「謝謝您寶貴的體驗。請收下。」

我遞出百圓硬幣，五十嵐女士捏起那枚硬幣收下了。

「您的怪談，我用一百圓買下了。」

完

七

那棟屋子有祕密

好陣子都沒有客人上門，我正在泡茶休息，結果外頭傳來人聲。

「啊，是這家。」

「是這裡啊。」

腳步聲靠近，一對男女怯怯不安地踏入店裡來。

「歡迎光臨。找了很久嗎？」

「嗯，找了一下。」男子微笑說。

女子接著說：

「欸……我不曉得我說不說得清楚耶。」

「可是妳真的看到了吧？」男子補充道。

「請務必說來聽聽。兩位是夫妻嗎？」

「對。是美南最先發現的，美南妳來說。而壁櫥裡的事情，我來說也行。」

就這樣，牧內美南女士與祐斗先生這對夫妻開始訴說了。

怪談敘述者——牧內美南女士・二十八歲、牧內祐斗先生・二十八歲

我們是在四年前的六月結婚的。

當時，趁著結婚的時候搬家了。搬到一處安靜的住宅區，是間還算寬闊的中古二樓獨棟建築。屋齡大概十年左右吧，房租也很便宜。

條件這麼好，總會讓人懷疑是不是凶宅呢？

房子因為凶案或意外死過人，變成凶宅，房價就會大跌不是嗎？我很怕這種，所以租房子之前都會再三確認，但不管是問房仲還是房東，都說絕對不是凶宅。

我想不是凶宅就沒問題了，決定租下那裡。

說是搬家，但我們本來都是一個人在外獨居，家具物品那些都不算多。幾乎所有的東西都擺放在一樓，因此我們都在一樓起居，二樓則閒置不用。

我們小倆口的生活就這樣開始了。

每天早上外子出門上班，不用工作的我就在家收拾碗盤、洗衣服等等，是這樣的生活模式。

就在搬進來大概一個星期左右的時候，最先發現的怪事是頭髮。

當時我在打掃客廳，忽然在地板上發現五、六根長頭髮。

我的頭髮沒那麼長，自然也不是外子的頭髮。

那麼，是誰的頭髮？

也不記得有讓什麼長頭髮的人進來過。

後來，我天天都發現這樣的長頭髮。多半掉在客廳地毯上，有時候也會在客廳或玄關撿到。

每次打掃都會發現，數量還愈來愈多。

因為很長，一根就很醒目了。

這些頭髮增加成十根、二十根、三十根……愈來愈多。

有時候要泡澡，卻發現浴缸水面浮著滿滿的長頭髮，水都變黑了。那時我真是毛骨悚然，覺得恐怖極了。

不光是頭髮而已。

某天，上午我做完家事，在客廳吃午飯，傳來有人跑過走廊的聲音。

噠噠噠噠的，聲音很輕盈，應該是小孩子的跑步聲。

那棟房子的走廊從玄關筆直延伸，通到屋內深處的和室。當時我所在的客廳門口，就位在走廊中間。我嚇了一跳，以為是附近小孩隨便闖進來，連忙跑去走廊察看，卻沒看到半個人影。

為了慎重起見，我也查看了一下裡面的和室，但一樣沒有人。

我告訴自己，應該是心理作用。

而且玄關門和窗戶都鎖著，外人是不可能進得來。

裡面的和室也跟二樓一樣，平常沒有使用。

因為我跟外子幾乎都只在廚房和客廳活動，不然就只會待在主臥室的房間，對我們來說，這樣的空間就很足夠了。

然而從此以後，只有我一個人在家的時候，就會聽到有人跑過走廊的腳步聲。而且，聲音都是突然響起，即使我衝出走廊，想要確定是誰在製造聲音，也來不及。

就算告訴外子這件事，他不相信這類怪力亂神，也沒有興趣，所以都不肯好好聽我說。他都說應該是隔壁家傳來的聲音，不當一回事。

長頭髮還是一樣掉落各處。

如今回想起來，只有我一個人的時候，才會發現長頭髮。

我也把頭髮的事告訴外子了，他一樣一笑置之。

我好幾次把找到的頭髮撿起來，用面紙包起來，準備當成證據拿給外子看；當外子回到家，我想要拿給他看時，應該留起來的頭髮，卻連同面紙消失無蹤。

其實我很想立刻搬走。

但外子不諒解，而且才搬來不到兩星期，實在很可惜，也太花錢了，我決定忍耐。

後來過了兩、三天，那天天氣很好。

「居然敢住在那種地方。」

「就是說啊。都沒有怎樣嗎？太可怕了。」

白天我去採買回來，就快到家時，看到相隔兩戶的住家前面，有三名鄰居太太聚在一起，頻頻偷瞄我，竊竊私語。

我問候說「午安」，她們雖然也向我寒暄，但我覺得她們是在議論我們住的地方。我想要問清楚到底是怎麼一回事，於是走向她們，然而三人卻避開我的目光，匆匆道別，回到各自的家裡。

我想起搬來的那天，去左右兩鄰和對面打招呼時，對方也露出奇妙的表情，令人不解。之前我一直都忘記了這件事。

我心想，那棟房子果然有什麼古怪，害怕得不得了。

美南女士說到這裡，吁了一口氣。

可能是說著說著，又想起了當時的事，她一次又一次抱住自己的肩膀，或是哆嗦，像是在承受著恐懼。

我問美南女士和祐斗先生：

「後來兩位有問房東，那棟房子是不是凶宅嗎？」

美南女士回答：

「沒有，我們已經不想再跟它扯上關係了……其實，事情還沒有完。」

另一天，我像平常一樣一個人在家，這時門鈴響了。

我去玄關應門，門口站著一名陌生的老婦人，看上去七十開外，氣質高雅。

「請問是哪位？」我問。

「我是這裡的房東的母親。」對方說完，便把我推開，大剌剌地走進家裡面。

就算是房東的母親，也不能任意闖進租客的住家吧？

我連忙追上去想制止她，然而她在走廊大步前進，在我追到她之前，就走進和室了。她在和室裡翻箱倒櫃，打開壁櫥看裡面、到處摸牆壁、開窗探頭觀望。

我問：「妳在做什麼？」

老婦人惡狠狠地瞪我，反問：「妳結婚了嗎？」

我被她凶狠的目光嚇住，老實回答：「對，我結婚了。」

結果她說：「那就好，有事的話打電話到這裡」，塞給我一張寫了電話號碼的紙條。

然後那個自稱房東母親的人走掉了。

就像一場暴風雨，是個作風強勢、很怪的一個人。

那天晚上，我把白天發生的事告訴回家的外子。

和腳步聲或頭髮不一樣，因為是有人硬闖家裡，外子似乎也嚴肅以對，說要打電話抗議，所以我想要把白天拿到的電話號碼交給外子。

然而卻找不到。我記得明明放在廚房櫃子上，卻遍尋不著。

後來過了幾天，房東的母親又來了。

她一樣說：「我是房東的母親」，不聽我制止，闖進家裡，和上次一樣，直接進入裡面的和室，翻箱倒櫃找東西。

我也生氣了，語氣強硬地說：「請妳不要這樣！我要報警了！」

結果她瞪著我，又問了：

「妳結婚了嗎？」

「不是說過了嗎？我結婚了！」我回答。

結果老婦人說：「那就好，有事的話打電話到這裡」，又塞給我紙條回去了。

我實在是氣不過了，直接打電話給房東本人，想要他勸勸他母親。

房東是個年近五十的男子，我一打電話他就接了。

我說：「房東先生，令堂今天和前幾天跑過來兩次，隨便闖進我們家，這到底是怎麼一回事？她到底想做什麼？」

結果房東先生訝異地說：

「咦？我媽？我媽幾年前就過世了啊……？」

也就是說，有個來路不明的人，硬是闖進我們家裡，而且還兩次。壓上東西免得飛走的紙條，也只留下上面的東西，紙條卻不見了。

太奇怪了，這棟房子很不對勁。

我還是想要搬走，決定跟外子好好討論。

就在我這麼決定的當晚……終於看到了。

噠噠噠噠。

門外又跑過那道腳步聲。

這天外子因為工作的關係，說會晚歸。我心裡祈禱著他快點回家，吃完晚飯，草草泡過澡，在脫衣間擦身體的時候，聽到了那道腳步聲。

其實，一伸手就能摸到門把。我很害怕，有些猶豫，但是用浴巾裹好身體的下一秒，便猛地把門拉開來，同時上半身探出走廊，目睹了一名小女孩倏地竄入亮著燈的走廊最深處的和室。

她的背影披著一頭長長的頭髮。

我終於看到腳步聲的主人了。

現在衝過去，就可以逮到她。

我小跑步過去。

悄悄打開和室門。室內一片漆黑。

我把手伸向牆壁，摸索著按下電燈開關。

螢光燈閃爍了幾下，很快就亮起來了。

房間裡沒有人。

可是，有個地方可以躲人。

那就是壁櫥。

我對著壁櫥紙門出聲：

「妳在裡面對吧？出來吧。阿姨不會罵妳。」

沒有回應。

「我知道妳在裡面。我看到妳跑進這個房間了。快點出來吧。」

依舊沒有回應。

「那阿姨要開門囉。」

我說著，抓住紙門，輕輕往旁邊推去。

沒有人。

不管是上層還是下層，都沒有人。

不過，我發現一樣奇妙的東西。

下層深處的牆面，有一道小木門，那是小孩子蹲身才能勉強鑽過去的小門。

之前我完全沒發現這種地方有門。和室平常不會使用，因此除了搬家前來看房的時候以外，我都沒有仔細看過室內。看房的時候應該也有打開壁櫥查看過，卻對這道門毫無半點印象。

不過，如果發現有門，應該會向當時陪同的房仲詢問那是什麼才對。壁櫥裡面，就是有道如此不自然的門。

我陡然遍體生寒。

我在做什麼？

門窗上鎖、不可能有人進得來的屋子裡。

冒出了一個小女生。

顯而易見，那不可能是活人。

而我追趕她，發現了這樣一道詭異的門。

到了這時，我才發現自己身處的狀況有多麼異常。

萬一打開門，小女孩在裡面，豈不嚇死人？即使沒有小女生，也一樣恐怖。

怎麼辦？我正在猶豫，忽然傳來一道聲響。

門的另一頭，傳來某種東西磨擦般的細微聲響。

「噫！」

我輕呼了一聲，連忙跑出和室。

等外子回來吧。等外子回來了，把這些事告訴他，請他開門吧。

我顫抖著，手忙腳亂穿好衣服，外子終於回來了。我急忙地把剛才發生的事告訴外子，拉著錯愕而搞不清楚狀況的他，把他帶到裡面的和室。

——美南女士全身劇烈哆嗦，丈夫祐斗先生擔心地看著她，開口道：

「接下來的事我也親身經歷到，我來說吧。對不起，美南，讓妳一個人受怕了。」

內子拉著我的手，把我帶去和室。

壁櫥的紙門關著。

「不對啊，我明明沒關。」

我聽著內子這麼說的聲音，打開紙門，看到壁櫥裡的木門。

「你看！你知道這裡面有門嗎？」內子說。

「不知道。」

「我覺得那個小女孩跑進這裡面了，應該……」

「要打開嗎？」

「嗯，拜託。」

這不是很可怕嗎？老實說，我實在不想把它打開來。

可是內子非常害怕……。

我把手伸進壁櫥裡，輕輕抓住那道門的門把。

我用眼神示意「我要開囉」，見內子點點頭，把目光轉回木門。

「嘰嘰嘰……」手一使勁，門便打開來了。

裡面有個小女孩。

一個長頭髮的小女孩，用枯枝般細瘦的雙手抱著膝蓋坐在那裡。空洞的眼睛大大地睜著，定定地瞪著前方。

我尖叫一聲，衝出和室。

我們實在不想繼續待在那種地方，當天晚上回去我的老家過夜。

隔天我向公司請假，和內子一起去找房東，說明原委。

然而房東卻說：「壁櫥裡面有門？怎麼可能？」感覺他也不相信有小女孩出沒，我們認為必須讓他親眼看看那道門才行。

我們三個人一起去了那棟房子。

前晚我們從和室落荒而逃，沒有關門，這時門卻是關著的。

開門入內一看，壁櫥的紙門也關上了。

我提心吊膽地打開壁櫥，房東探頭看裡面，說：

「沒有什麼門啊？」

「怎麼可能……！」

我連忙查看壁櫥裡面，發現上面根本沒有木門。不過仔細一看，之前看到木門的位置，有一塊四方形顏色不同。

就好像抹上什麼東西的痕跡。

和前晚看到的木門形狀大小一樣。

房東驚訝地說：「我完全不知道這種狀況。」

這棟屋子到底發生過什麼事？

就算問房東，他也堅稱：「我不知道」。

我們立刻搬走了。

從此以後，都對那一帶敬而遠之。

〔解說〕　和幽靈交朋友

「房東或許真的毫不知情。這種房子，有時會屋主一個換過一個。前任屋主可能沒有把房子的歷史清楚交代給下任屋主，導致房東對於過去發生過什麼事，一無所知，也是有這種情形。兩位租到的房屋，或許就是這種情形。」

我這樣一說，兩人似乎恍然大悟。

美南女士接著問：

「不過，那個小女孩到底是什麼？壁櫥裡的小空間，還有自稱『房東的母親』的老婦人，也莫名其妙。」

我回答：

「那位『房東的母親』或許並非是現任房東的母親，而是更早以前的房東的母親。那個人或許已經不在世上了。」

「咦？那麼，那個老婦人也是鬼？她看起來跟活人沒有兩樣啊。」

「以為是活人，普通地相處，結果是鬼，這樣的經歷並不罕見。就算是鬼，也不一定就是透明的。所以也不能斷定說，現在自己身邊的人不是鬼。」

聽我這麼說，兩人彼此對望，沉默之後，笑道：「怎麼可能？」

「對了，」

我話鋒一轉，談到美南女士遇到的小女孩。

「看到小孩子的鬼魂，不是會讓人很難過嗎？」

「咦？什麼意思？」

「如果照美南女士的說法，可以猜測，那個小女孩以前住在那個家，因為某些理由而過世，死後被埋在壁櫥深處的牆壁裡。」

「天哪……」

兩人啞然失聲，我告訴他們一件事。

在英國，人們喜歡有鬼魂出沒的房屋。

因為有鬼魂出沒，代表那棟房屋歷史悠久。

據說屋齡超過百年的老房屋，許多都有鬼魂。

住在這種房屋的人們，日常生活中都會在家裡撞鬼，或是遇到奇妙的現象。

但人們並不會因此害怕或恐懼。

他們會覺得：「啊，那個鬼魂又在惡作劇了。」不以為意。

也就是說，在英國的老房屋裡，活人與死後成為鬼魂的人，和平地生活在同一個屋簷下。

但是在日本，卻沒聽說過這樣的事。

鬼魂是可怕的、駭人的，這樣的認知太強烈，所以很難去溫柔地接納鬼魂吧。

不是說哪一邊比較好，我認為這是文化差異。

在日本，一般認為抱憾死去的人，就會變成鬼魂。

悲傷、哀痛、不甘、憤怒，這些強烈的情感，會讓人無法超生，變成鬼魂。

也就是說，兩位看到的小女孩鬼魂，應該也是在生前經歷了這樣的複雜情感。

她還是小孩子。

實在太年幼了，無法改變自身所處的狀況。

幼童的人生，只能被身邊的大人所擺布。

如果是生在不同的環境，或許她就可以健康地成長，度過平順的人生，然而卻未能如此。

對那孩子而言，完全就是不幸。

結果小女孩死了，變成鬼魂，身不由己地被綁在那棟屋子裡。

就這樣，她在家中徘徊，四處遺落長長的頭髮，跑過走廊，衝進屋內的和室，製造腳步聲。

小女孩並沒有惡意，只是遺落頭髮、製造腳步聲而已，並未危害住在屋裡的活人。

可是……

對於剛搬進來的居民而言，他們完全不瞭解怎麼會有家人以外的落髮、聽見不應該有的聲音。

人遇到不明白的事，就會害怕。

就這樣，小女孩也惹來新的住戶忌諱、排斥，因而被視為詭異恐怖的東西。

在現今的日本，生者和死者很難和平共處吧。

我理解人們害怕的心情，會覺得害怕，也是情有可原。

但如果客觀地審視發生的現象，或許就能與潛伏在那裡的過去幻影彼此妥協。

也就是和鬼魂交朋友。這不是一件很美好的事嗎？

聽到我的說明，兩人沉思了一陣。

美南女士說：

「要是能那樣想就好了，可是我還是覺得很害怕。畢竟那不是這個世界的東西。」

「會這麼想是當然的。不過，也請試著這麼想想看。鬼魂，也就是死去的人現身在我們面前。那麼，為何我們會感到害怕？差異只在於是生是死，外表和我們並沒有不同。無論是死是活，更重要的問題是，眼前的事物是否會危害我們。然而，人們卻會害怕死者。死亡竟然是如此異質的事物嗎？」

美南女士似乎再次陷入沉思。

「老闆說的沒錯呢。可是，我就是害怕呀。為什麼鬼魂會這麼讓人害怕呢？我真是搞糊塗了。」

我遞出一枚百圓硬幣：

「兩位的怪談，我用一百圓買下了。」

美南女士伸手接下百圓硬幣。

「謝謝老闆告訴我們這麼多。雖然在那裡飽受驚嚇，但我會好好再想一想。」

「嗯，我們來這裡真是做對了。對鬼魂的觀點或許會有些不同了。」

兩人說，手牽著手離開了店裡。

完

〈老闆的自言自語〉　看不見的存在

常說講鬼故事，就會吸引鬼魂。

這間怪談買賣所，也有看不見的存在。

述說了許多怪談的日子，入夜以後，它就會吵鬧起來。

它製造聲響、發出笑聲，有時還會現身。

那似乎是一個女人。

曾經多次有客人指出，我背後的紙門探出一張臉來。

那個看不見的存在，就只是存在於這裡。

應該是這裡待起來很舒適吧。

雖然有時會被她嚇一跳，但我不想去驚擾。

八　急性子

九　聖誕夜

「到底要不要進去？」

外頭傳來催促的聲音。

看看店門，一位母親帶著一對姊妹，姊妹在母親身邊扭扭捏捏，裹足不前。

「歡迎光臨。」

「喏，老闆都出來了。要進去嗎？」

可能是終於立下決心了，兩人跟著母親走進店裡。

「晚安。我叫宇津井鐘太郎。」

「喏，自我介紹一下。」

母親對僵在原地、一語不發的兩人說。

「……我叫櫛田美樹。」

「……我叫櫛田夏樹。」

「兩位想聽怪談呢？還是要分享自己的怪談？」

姊妹倆窸窣討論了一會，妹妹夏樹說：

「就是，姊姊說她很久以前看過奇怪的東西。」

妹妹輕推姊姊的背，美樹慢慢地說了起來。

怪談敘述者——櫛田美樹同學・十一歲

那是在我小學二年級的時候所遇到的事。

那天我明明答應媽媽說會照顧妹妹，但卻丟下她，自己跑出去玩了。結果媽媽很生氣，傍晚的時候把我趕出玄關。

其實這是常有的事，我都已經習慣了。

一開始我很難過，哭個不停，但一會兒後就不哭了，接下來就坐在門前，等媽媽氣消，開門說：「可以進來了」。我坐在門前發呆，不知不覺間晚上了，不過平常就是這樣，所以我也不覺得害怕。

結果遠遠地傳來許多鈴鐺同時作響的聲音。是哪來的聲音？我好奇地東張西望，發現聲音是從天空另一頭傳來的。

我直盯著聲音的方向看，可是被隔壁家擋住，只能看到一點點天空。看不到耶，好想看看到底是什麼聲音，我緊張地期待聲音往這裡靠近。

結果聲音愈來愈近、愈來愈大。

那天夜空沒有星星，也沒有月亮，一片漆黑。

突然間，一個四四方方的黑影竄過了狹窄的天空。

「是雪橇！」我心想。雪橇還附著像滑雪板的東西。它就好像在天空滑行一樣，從我的頭頂飛了過去。

因為我只能從底下往上看，所以看不見雪橇上坐著什麼人。

不過，會發出鈴聲、乘坐飛天雪橇的人，就只有聖誕老公公，對吧？

我相信我看到了聖誕老公公。

雖然沒有人相信我。

〔解說〕 老闆相信有聖誕老公公的理由

聽到這件事，我首先對感到好奇的部分提出詢問：

「妳是什麼時候遇到這件事的？是十二月嗎？」

「是十月。」妹妹夏樹回答。

「距離聖誕節滿久的呢。聖誕老公公是個急性子嗎？」

我說完，三人輕笑了一下。

「妳有沒有看見拉雪橇的是什麼呢？一般拉聖誕老公公雪橇的，都是馴鹿呢。」

「我沒有看清楚。因為雪橇前面變透明了。在被隔壁家的屋頂遮住之前，就從前面消失不見了。」

「不好意思啊，講這種奇怪的事。」

「太太，沒問題的。美樹同學，妳說的是真的嗎？」

「對，我沒有撒謊，我真的看到了。」

「既然美樹同學說看到了，我相信這是真的。我認為是有這種事的。嗯……請妳先收下吧，這裡是一百圓。」

「啊，不用了……」

母親想要推回我遞過去的百圓硬幣。

我連忙說：

「啊，我說我相信，是有理由的。其實，我從別人那裡聽說過類似的經歷。」

「咦!?」三人同聲驚呼。

「妳們想聽聽看嗎？」

「想！」

姊妹探出上身，母親也顯得很驚訝。

待續

怪談敘述者——宇津井鐘太郎（老闆）．年齡不詳

聖誕老公公真的很神祕呢。

你是否對這件事感到疑問呢？

聖誕老公公只有一個人，要怎麼在一個晚上，把禮物分送給全世界的小朋友呢？關於這件事，似乎有許多說法。

有人說，聖誕老公公不只一個人；也有人說，聖誕夜是特別的，在聖誕老公公把禮物分發給全世界所有的小朋友以前，都不會天亮。總而言之，或許聖誕老公公擁有某種特別的魔力。

這是一位姓野口的二十多歲小姐告訴我的。

她說她就和美樹同學一樣，看過聖誕老公公。

那是野口小姐小學四年級的聖誕夜。

那天晚上，野口小姐提早上床，好讓聖誕老公公隨時都可以來訪。因為傳說中，小朋友入睡以後，聖誕老公公才會過來。

然而，可能是因為太早睡了，野口小姐半夜就醒來了。

看看枕邊，沒有禮物。

這表示聖誕老公公還沒有來。那麼，等一下就會來了。她這麼想，忍不住緊張起來，沒辦法繼續躺在被窩裡，而是起身開窗看了外面。

寒冷的空氣流入房間。

野口小姐的家位在大樓八樓，可以清楚地看見外面的景色。

街景盡收眼底，可以看見遠方的山。

夜空上，月亮皎潔地遍照大地。

忽地，她看見有東西飛過夜空。

是聖誕老公公。

聖誕老公公乘坐在馴鹿拉行的雪橇上。不過不知道為什麼，馴鹿只有一頭。後方載著許多大袋子。

裡面一定裝著許多要送給小朋友的禮物吧。

野口小姐看到的，剛好是雪橇的側面。因為襯著月亮，所以不管是聖誕老公公還是馴鹿，都成了漆黑的剪影。

沒聽到鈴聲，大概是因為距離很遠吧。雪橇飛快地遠離，很快地消失不見了。

野口小姐心想，她不小心看到聖誕老公公，自己家會被延後送禮，連忙鑽進被窩裡。

到了隔天早上。

醒來一看，野口小姐的枕邊已經擺著禮物了。

〔解說〕　即使看不到

三人興致勃勃地聽我述說，聽完之後，同時露出微笑。

「姊姊看到的，果然也是聖誕老公公嗎？」

夏樹問，我說：

「也許是呢。能真正目擊到聖誕老公公的人十分罕見，所以也有人懷疑聖誕老公公的真實性。不過，世上真的沒有聖誕老公公嗎？這種質疑，就跟宣稱世上沒有幽靈或妖怪、外星人是假的一樣。不曾見過的事物難以置信。尤其不符合常識、不科學的事，更是如此了。但我認為，絕對不是說看不見、不符合常識，就不存在。」

我一說完，美樹便說：

「那，世上果然有聖誕老公公呢。因為我親眼看到了。」

「是的，而我遇到兩個說看到聖誕老公公的人，美樹同學和野口小姐。這表示應該還有其他人看過聖誕老公公。所以，應該可以斷定聖誕老公公果然是存在的。我想世上其實有許多事物，雖然看不見，但確實存在的。」

我瞄了母親一眼，她輕輕點頭同意我。

「即使每個人都說沒有，也要滿懷自信地說『有』。我覺得相信自己是很重要的。那麼，因為是三個人，費用是三百圓，可以嗎？」

母親連忙從皮包裡掏出三枚百圓硬幣。

我收下硬幣，以幾乎聽不見的小聲說：
「希望美樹同學的怪談可以讓更多人知道。」

完

十 刪不掉的影片

「不好意思。」

熟悉的聲音傳來。

是石塚三紗小姐。

上次她說，有個和母親一模一樣的人帶著麥當勞的紙袋找上門來。

我寒暄道：

「歡迎光臨。前些日子謝謝您了。」

石塚小姐露出笑容。和上次進店時的模樣大相逕庭。這才是原本的石塚小姐吧。

「哪裡，我才要謝謝老闆。其實我又遇到怪事了，希望老闆可以聽我說。」

「原來是這樣。請進來坐。」

石塚小姐進入店內，在椅子坐下來，忽然轉為一臉嚴肅：

「我接下來要說的事……雖然我確實參與其中，但並非是我自身的經歷，這樣也可以嗎？」

「當然可以，請說來聽聽吧。」

怪談敘述者——石塚三紗小姐（第二次）・三十六歲

這是不久前的事。

家母的老朋友打電話給我，那位前島阿姨是我也很熟識的人。

前島阿姨說有事想拜託我。

她想請我教她的鄰居，一位八十多歲的木崎老奶奶怎麼用手機。好像不用教得很詳細。她說木崎奶奶平常就會用手機，但有些功能不太熟悉，只要解決她的問題就行了。

我請前島阿姨告訴我電話，連絡了木崎奶奶。

然後，我和木崎奶奶約好下星期日去她家。

木崎奶奶住在離我家開車約十五分鐘的地方。

到了約定當天，我抵達木崎奶奶家，她和同住的木崎爺爺笑容滿面地歡迎我。兩人看起來都很和善。

「不好意思麻煩妳來一趟，請進請進。」

兩人溫和地請我進入家中，還準備了茶水招待。

「聽說奶奶對手機有什麼不清楚的地方？」我問。

於是木崎奶奶取出手機，是文字顯示特別大、老人也能輕鬆使用的長輩機。

「就是手機裡面的影片，不曉得要怎麼刪除。」

我接過手機，看著螢幕找了一下。

打開照片檔案夾，出現手機裡面儲存的照片和影片。拍的幾乎都是一名小男童，我猜想應該是奶奶的孫子。

「裡面不是摻雜了一個奇怪的影片嗎？啊，這個，就是這個。」

奶奶說，指著其中一個影片。

只有那個影片與其他的不同，是黑白的。

「可以幫忙把它刪掉嗎？」

老爺爺說。

「我們不曉得要怎麼刪。」

「只要刪掉這支影片就行了嗎？」我問。

兩人同時點點頭。

聽到這個要求，會覺得有什麼難的，對吧？選取要刪除的影片，按下顯示的「刪除」就行了。我立刻進行這樣的操作。

「咦？」

我忍不住出聲。

「刪除」選項沒有出現。這樣無法刪除。
我試著點選其他影片，都顯示了「刪除」選項。
其他所有的影片和照片，都會顯示「刪除」，唯獨兩人想要刪除的黑白影片，卻沒有出現「刪除」字樣。
奶奶不安地說：
「很奇怪對吧？是不小心按到哪裡，讓它沒辦法刪除了嗎？」
為了讓她放心，我笑道：
「不會這樣的。不可能刪不掉。對了，這支影片是奶奶妳拍的嗎？」
奶奶抬頭，語氣強烈地說：
「才不是呢！」
她萬分困擾地難過地說：

「這裡的照片跟影片，全都是我孫子，是結婚住在外地的女兒傳給我的；可是就只有這個影片不是。我女兒沒有傳過這種影片給我，也不是我拍的，不知不覺，它就出現在這裡⋯⋯。是我不小心亂按弄到的嗎？手機對我還是太難了吶。」

我忍不住說：

「有時候就算沒做什麼，也會有一些東西自己跑進來喔。」

實際上並不會發生這種事，但因為奶奶很沮喪，我忍不住對她說，手機只要連上網，有時也會發生這樣的情形。

「我可以看一下這支影片嗎？」

「可以是可以⋯⋯可是有點讓人不舒服喔。」

奶奶說，聲音再次變得消沉，看到這樣的她，我遲疑著不敢按播放。

不過，播放影片，或許就會顯示「刪除」。

於是我按下了「播放」。

黑白影片影像斑駁，有許多橫線，十分模糊。感覺就好像在看好幾十年前的影片。

似乎是拿著攝影機拍攝的，手震很嚴重，但看得出拍到的是什麼。

影片中出現的，是呈階梯狀的祭壇。

祭壇鋪了白布，上面供奉著神酒和榊木，正中央祭祀著一面圓形的鏡子。好像是某處神社。

鏡中倒映出女人的臉。

那張臉從鏡子右側伸進來一半，很快地又縮了回去。

接著又伸進來一半，再縮了回去。

就這樣再三反覆。

可是這實在很奇怪，因為鏡子倒映出臉的話，鏡子和攝影機之間，不是應該要有人才對嗎？

然而卻沒有拍到任何人，就只拍到鏡中的人臉。

片刻後，攝影機往後方退去。

畫面中拍到了祭壇前面的和尚背影。

和尚敲著木魚，似乎正在誦經。

很奇怪對吧？

祭壇一般是神道教的神社才有的，用來祭祀神道教神明，所以位在祭壇前面的應該要是神道教的神主，而不是佛教的和尚。

然而，影片裡出現的卻是和尚。

和尚應該要在寺院。寺院是佛教建築物，和尚拜的不是神，是佛。神社的祭壇前面怎麼會有和尚呢？真是莫名其妙。

而且，我說：「似乎正在誦經」，是因為沒有聲音。

影片沒有錄到現場的聲音，也沒有旁白。

可是卻一直傳出奇妙的聲音。

驟驟、驟、驟驟驟驟、驟驟、驟、驟驟驟、驟驟、驟驟驟、

驟……

不曉得是雜音還是男人低沉的嗓音，從一開始就一直有古怪的聲音。

攝影機又繼續往後退。

搖晃的畫面中，拍到和尚後方有一大排身穿喪服的人。

每個人都雙手合掌，看著祭壇。

驟……驟……驟……

影片就在這裡結束了，長度約一分鐘左右。

但還是沒有顯示「刪除」選項。

我害怕起來，不知道該說什麼好，沉默不語。

結果老爺爺平靜地說：

「我們無論如何都想把它刪掉。一方面是因為影片本身很可怕……」

老爺爺說，每天晚上，夫妻倆都會在同一個房間鋪床就寢。老奶奶睡覺時，都會把手機放在枕邊。

結果半夜就會被手機的聲音吵醒。

驟驟、驟、驟驟驟驟、驟驟驟、驟驟驟驟、驟、驟驟……

「會聽到影片裡的聲音。看看枕邊的手機，它竟然自己在播放那段影片。所以我們會趕快按停，又繼續睡，可是又會被那聲音吵醒。如果丟著不管，它就會不停地重播，不會自己停下來。」

所以晚上都被它搞得睡不好。

「現在我們睡覺的時候，都把手機放在別的房間。但為了預防萬一，還是希望手機放在隨時可以拿到的地方。」

我實在很想幫忙，因此不抱希望地說：

「也許是故障了。可能送修比較好。」

我們認為事不宜遲，一起去了附近的手機行。

我向店員說明狀況。

然而店員也說，不明白怎麼會無法刪除。店員接著說，也有可能是手機故障，必須送回原廠，請原廠刪除。但這樣做，有可能導致其他的照片和影片全數消失。

店員謹慎地確認：

「這樣也沒關係嗎？」

老奶奶說：

「沒關係。那就麻煩你了。其他的照片和影片，再請我女兒傳給我就好了。只要能把它刪掉就好，請幫我處理吧。」

店員說，送修需要大概一個星期。

一星期後，我接到木崎奶奶的電話。

「石塚小姐，上次真是謝謝妳。手機回來了，那個影片終於刪掉了。雖然其他照片和影片也不見了，但我跟我女兒說，她說會再傳給我。妳真是幫了大忙。太感謝了。」

聽到先前那樣消沉的老奶奶聲音變得明亮，我十分開心，覺得應該稍微幫到了她。

又過了一星期，這次我接到前島阿姨的電話。

也就是介紹我幫忙老奶奶的家母的朋友。

前島阿姨說：

「木崎奶奶過世了。」

我懷疑自己聽錯了。短短一星期前，我才在電話裡聽到她元氣十足的聲音啊！

阿姨又說：

「她先前看起來那麼健朗，是出了什麼事呢？我也沒聽到任何消息。」

前島阿姨告訴我葬禮的地點和日期。

葬禮上，我有機會和木崎爺爺聊上幾句。

爺爺說：

「前些日子真是謝謝妳了。內子也非常開心。可是啊，她明明那麼健康，卻突然說走就走。那支影片果然是不可以刪掉的東西嗎？是我多此一舉了嗎……？」

老爺爺自語自語地喃喃道，落寞地淡淡一笑，向我行了個禮。

我忘不了木崎老奶奶明朗的聲音。

石塚小姐說完，低下頭去，注視著腿上交握的雙手。

我說：

「老奶奶過世，真是讓人遺憾。石塚小姐是認為，老奶奶過世，自己也有責任嗎？」

「不，我並沒有這麼想。只是，他們找我處理手機問題，是我建議他們送修的，所以實在難以釋懷。」

石塚小姐低著頭回答。

我說：

「您完全不需要放在心上的。」

石塚小姐稍微抬頭看我。我接著說：

「聽您的描述，會覺得好像就是因為刪除了影片，以致老奶奶過世了。至於為什麼會這麼想，是因為刪除影片，和老奶奶過世的時間點很接近。同時影片的內容又實在太詭異、不吉利。」

「是的。」

「不過，能不能換個角度這麼想呢？有時候不管一個人看起來有多健康，還是會突然撒手人寰的。老人家更是如此。有沒有可能，那段影片原本就是因為老奶奶陽壽將盡，才會突然冒出來呢？不是因為刪除了影片，所以老奶奶過世，而是那段影片有可能是在預告老奶奶已不久人世。」

石塚小姐默默地聆聽。我繼續說下去：

「所有的人都免不了一死。即使明白這件事，當親近的人過世的時候，還是難以接受。這種時候，我們很容易把親近的人的死亡，歸因到完全無關的某些事情上。老奶奶過世是一樁憾事，也令人悲傷。而那段影片，一看就讓人聯想到死亡。如果看到那種東西之後，持有影片的人就過世了，任何人都會認為這兩者必定有關。」

「會覺得……有因果關係呢。」

「可是，沒有任何事物可以證明這兩者有關。」

石塚小姐臉上的陰霾似乎消散了一些。

「當然，我現在說的這些，也只是猜測而已。不過，我認為毫無確證，就把一個人的死歸因在某些事情上不太好。也許情緒上難以調適，但還是希望您可以回歸理性，冷靜思考。」

石塚小姐的臉色恢復過來了。

「我明白了。謝謝老闆。那麼……我的這段經歷，並不算怪談嗎？」

「不，這是貨真價實的怪談。手機裡不知不覺間跑進了一段詭異的影片，而且會在三更半夜不斷地自行重播。這兩個現象是一種異象。因為一般不可能發生這樣的事。除非查明怎麼會發生這種事，否則它就是神祕異象。不過老奶奶過世，與刪除影片這件事是否有關，無法斷定，因此這部分或許不能稱為異象呢。」

聽到這話，石塚小姐微笑了：

「我覺得心裡舒服了一些。我不會再繼續胡思亂想了，我會為老奶奶祈禱她能安息。」

我把一枚百圓硬幣遞給一吐為快的石塚小姐，說：

「您的怪談，我用一百圓買下了。」

完

十一 世外魔境

鈴……

一名拄著拐杖的老人在年輕人攙扶下走了進來。

年輕人扶著老人，讓他在椅子落坐之後，站在一旁守候。老人似乎右腳不良於行，必須扶著東西才能站立。

「歡迎光臨怪談買賣所。我是老闆宇津井鐘太郎。」

「我叫村上貴之，陪我來的是我孫子。之前與孫子聊天的時候，他提到有你這樣一家店，所以我請他帶我過來。」

年輕人微笑，行了個禮。

「這家店是我打工的前輩岡島大哥告訴我的。」

我想起了岡島先生。先前他告訴我他在當夜班保全時遇上的怪事。

「兩位願意光臨小店，真令人開心。今晚兩位是要分享怪談呢，還是要聽怪談？」

「我想說說我十五年前遇到的事。這件事，我連你都沒有說過呢。這是個好機會，你要聽聽嗎？」

「嗯，是阿公右腳的事對吧？我一直想知道是怎麼回事。」

怪談敘述者——村上貴之先生・八十八歲

我是土生土長的大阪人，現在也住在大阪。

我在六十五歲從職場屆齡退休，今年已八十八。兒子們都結婚搬出去了，只有我跟內子兩個人住。

兩個人清閒過日子，真的是很不錯。因為還在工作的時候，完全沒有自己的時間。

人只要空閒下來，就會忍不住一直想起從前。像是小時候的事、玩過的地方、朋友的笑容那些，都讓人好懷念。

小時候，我曾經被送到岡山縣的鄉下住過一段日子。

當時正值戰爭時期，所以疏散到鄉下避難。

那是位在山裡的親戚家，非常鄉下。

雖然你可能會以為鄉下什麼都沒有，但完全不是如此。對於小孩子來說，鄉下有太多可以玩耍的地方了，一點都不無聊。山裡可以爬樹、抓昆蟲，還有河流，所以夏天可以游泳、抓魚。數不完的樂子，每天都過得好開心。

退休以後，我就不停地想起當時的回憶。

我一直渴望再去一次戰時避難的岡山那個地方。

那是距今十五年前的夏天。

年過七十的那時候，我立下決心，和妻子兩個人開車去了岡山。

實際去到那裡看看，沒想到卻已是人事全非。

以前在那裡的親戚家形影不留。

我開著車四處繞，卻看不到半點熟悉懷念的景色。

於是，我決定前往以前常和朋友去爬的山。

因為我想重溫當時看到的美麗山景。

然而實際過去一看，那裡修建了新的馬路等等，早已面目全非。

還蓋了當時沒有的大旅館。可是，那家旅館也成了無人的鬼屋廢墟，真把我嚇了一大跳。

也就是說，我從避難的鄉間回到大阪以後，那裡蓋了一棟大旅館，開業，然後倒閉，建築物變得破敗。

若非經過極為漫長的歲月，否則不可能變成那樣呢。

想想這也是當然的。我和內子踏上舊地的時候，距離兒時避難都已經過了約六十個年頭了。

六十年實在太漫長。眼前的景象，讓人切身地如此體會。

我和內子在那棟破敗的大旅館外面繞了一圈。結果在建築物後方，終於發現了熟悉的地點。

那是小時候走過好幾次的山路。

山路往深山延伸而去，但走上去約十五分鐘，眼前就會豁然開朗，來到一處能夠將遠方群山盡收眼底的天然瞭望台。

兒時看到的震撼美景重回腦海。

我開心極了，對內子說：

「我們上去看看吧！我想再看一次那個風景。」

然而內子很不樂意，因為當時已經傍晚了，夕陽早已銜山。

「這麼晚了還上山，萬一走到一半天黑，那該怎麼辦？」

我當時真該乖乖聽妻子的話的。

「說是上山，也只有十五分鐘的路程而已。走個十五分鐘，就可以去到景觀超棒的地方。要是太陽快下山了，立刻折返就行了。絕對來得及在太陽下山前回到車上。」

我如此勸說，內子百般不願地跟了上來。

走進小徑，周圍樹木蓊鬱，太陽尚未西下，卻一片昏暗，讓我有些不安。但我清楚距離日落還有一段時間，所以不斷地往山上走去。

然而走了十五分鐘、二十分鐘，都沒見著記憶中的景色。不管再怎麼走，前方都是漆黑蜿蜒的道路。

「是不是該回去了……？」

走了快三十分鐘時，內子開口了。

我也覺得這麼做比較好，立刻和內子折返了。

可是，來不及了。

走到一半，日頭便已完全沉沒，四下一片漆黑，什麼都看不見。我們沒有手電筒，也沒有手機。唯一的光源，就只有我身上的打火機。

我一手舉著打火機小小的火光，另一手牽著內子，小心翼翼地前進，但沒有多久，打火機就點不著了。

我們完全被拋棄在黑暗裡了。

但我還是沒有放棄，牽著內子的手，摸黑前進。

「啊！」

後方突然傳來內子的叫聲，牽在一起的手被猛地一拉。沒想到是內子滑倒了。

我們兩個飛快地滾落岩石和樹根裸露的陡坡。完全停不下來，滾得七暈八素、上下左右都搞不清楚了。我們全身遭到撞擊，滑落黑暗之中。

咚！

伴隨著一道衝撞，身體終於停止滾落了。

我按住劇痛的腰部，勉強站了起來。

檢查全身，似乎沒受什麼重傷。

旁邊傳來呻吟，是內子的聲音。我連忙蹲下來摸索她檢查，發現她的左腳好像骨折了。即使在黑暗中，也能感受到內子痛得五官扭曲。

這下不得了。我為時已晚地發現這件事。

我知道我們摔下懸崖了，可是我們沒有求救的辦法，只能自立求生。

相對於我個頭瘦小，內子骨架碩大。我試了一下，實在不可能把她揹起來。這下糟了，該怎麼辦？我真是一籌莫展。

因為我一意孤行，結果連累了內子，我真是後悔莫及。

當下我只能求神，不知不覺間，我在內心默念：

「神啊，佛祖啊，請幫幫我們。我願意付出任何代價，我什麼都願意奉獻。所以求求您，至少讓內子和我保住一條命吧。」

我摩挲著內子的身體，反覆在內心強烈地祈禱，結果山上吹來一陣溫暖的風。

咻！

那道風一口氣颳了過去，就彷彿從我的身體穿透過去。

頓時，力量從體內深處泉湧而出。

是一股我從未感受過的壓倒性力量。

同時，一股無以名狀的自信洋溢全身，我知道我可以，絕對能得救。

我試著抱起內人，輕而易舉就把她抱了起來。

內人因為疼痛而繃緊了全身，我盡量不動到她，先輕輕地把她放回地上，再輕柔地把她揹到背上。

「沒事的，我會把妳揹下山，送妳去醫院，再忍耐一下就好了。」

內子聽了我的話微微點頭。

神奇的是，我知道該怎麼走。

即使被黑暗籠罩，幾乎伸手不見五指，我依然可以自然地避開左右伸出的樹枝、伺機絆倒人的樹根等等，順暢地在茂密的樹林間穿梭前進。

「真的嗎？真的嗎？」

突然，背後傳來內子悠哉的聲音。和先前拚命忍痛的聲音完全兩樣。

我以為是疼痛消退，她舒服一些了，回答說：

「真的，我們會得救的，放心吧。絕對會沒事的。」

我為了給內子打氣而這麼說。內子安靜下來了。

我轉頭看妻子的臉，黑暗裡，我看到她和剛才一樣，雙眼緊閉、嘴唇緊抿，似乎正在強忍著疼痛。

我覺得有點怪怪的，但還是繼續前進。

結果背後又傳來聲音：

「真的嗎？真的嗎？真的嗎？」

那毫無疑問，是內子的聲音。但是，正全力咬牙忍痛的內子，有辦法發出如此悠哉的聲音嗎？每當聽到背後那聲音，雞皮疙瘩便爬滿了全身。

但我還是佯裝沒事，說：

「真的，會得救的。放心吧。再忍耐一下就好。」

又安靜下來了。我背上揹著的，真的是內子嗎？儘管興起一絲疑問，但我繼續加快腳步，好盡快脫離這種狀況。

背後又傳來聲音。

「真的嗎？真的嗎？真的什麼都願意給我嗎？」

我一陣毛骨悚然。

那聲音說，「什麼都願意給我嗎？」

確實，我在內心祈禱「請救救我們，我什麼都願意奉獻」。

可是，我完全沒有說出聲音，內子不可能知道我在內心祈禱了什麼。

也就是說，這不是內子的聲音。

那麼，是誰的聲音？

我回頭望向背後的妻子的臉。

感覺四周愈來愈冷，冷得不像夏天。

我一轉回正面，背後就再次傳來聲音：

「真的嗎？真的嗎？真的什麼都願意給我嗎？真的什麼都願意給我嗎？」

恐懼、不安、後悔。我漸漸無法忍受那聲音了。

背後的聲音說個不停：

「真的什麼都願意給我嗎？真的什麼都願意給我嗎？」

我再也聽不下去了，不由自主地大聲歌唱起來：

「小姑娘呀要切記，萬萬不可愛上山裡的男人⋯⋯！」

「真的什麼都願意給我嗎？真的什麼都願意給我嗎？」

「小姑娘呀！要切記！萬萬不可！愛上山裡的男人⋯⋯！」

「真的什麼都願意給我嗎？」

「小姑娘呀！要切記！萬萬不可！愛上山裡的男人⋯⋯！」

我的歌聲漸漸變得只是在大喊。

我大吼大叫著，不曉得在黑暗中走了多久。

不經意地抬頭一望，樹木之間，有小小的光點斷斷續續地動著。是車頭燈。也就是說，再往下走一小段路，應該就能出去馬路了。

「喂——！」

我一口氣跑下山。

我看見一輛小卡車慢吞吞地駛過田埂般的小路靠過來。我站在路中間，揮舞一隻手，大聲呼叫卡車。

小卡車在眼前停下，一名男子探出頭來。

「怎麼了!?」

我說明我們在山上遇難，內子受了傷。

司機理解我們狀況危急，說：

「不好意思，我車上載滿了貨物，沒辦法載你們。你們可以再繼續往下走一段路嗎？再走個五分鐘左右，有條比較寬的馬路，你們在那裡等著，我打電話叫救護車來接你們。」

就像司機說的，再繼續往下走，就來到一條較寬的馬路。

我輕輕地把背上的內子放到路邊。內子痛得呻吟，躺在地上。

等了約莫十分鐘，遠遠傳來救護車的聲音，我知道真的得救了，總算放下心來。

救護人員把內子搬上救護車，說果然是腳骨折了。救護人員也詢問我的狀況。

我正想回答我沒事，這時右腳劇烈地痛了起來。

我痛到慘叫，當場倒地翻滾，伸手摸一摸右小腿，發現那裡一片濕濕熱熱的。

看看雙手，一片血淋淋。

我嚇了一跳，捲起褲管一看，發現小腿肉全被削掉了，殷紅的鮮血中露出白骨。

我就這樣昏迷過去了。

當我醒來的時候，人躺在醫院病床上，才知道我也被救護車送到醫院急救了。聽說內子跟我都立刻動了手術。

聽到內子平安無事，我打從心底放下心來，但令人不解的是我的腳。

我是什麼時候受傷的？

雖然受了傷，卻沒有發現，直到看見傷口那一刻才痛起來，是常有的事。也許是在山裡看到卡車，衝動往下跑時，被樹枝還是什麼刨掉了小腿的肉。

然而，醫生的說明卻不是如此。

「少了小腿的肌肉，就無法牽動右腳踝。在這種狀態，你絕對不可能揹著太太走下漆黑的山坡。」

也就是說，照道理來看，我是在救護人員詢問我的狀況，感到劇痛的那一刻受傷的。可是，當時我只是站在開闊的馬路上而已，怎麼會受到這麼嚴重的傷？

「真的什麼都願意給我嗎？」

腦中響起當時從背後傳來的那聲音。

確實，在山上，我一次又一次祈禱著「請救救我們，我願意付出任何代價」。也許是山裡看不見的什麼東西，它聽見了我的心聲，為我實現了願望。

那東西救了我和內子，做為代價，於是吃掉了我的小腿肉。

若是這麼想，一切都合理了。

那個時候救了我和內子的，到底是什麼呢？

那座山裡到底有什麼呢？

〔解說〕山中異界

村上先生漫長的述說結束後，店內落入一片寂靜。

那駭人聽聞的內容，不管是我，還是村上先生的孫子，都聽得目瞪口呆、震驚不已。

而外頭天色已經完全暗下來了。

叩。店內深處的暗處傳出聲響。

我們三人同時轉頭朝那裡看。

冒出來的是住在市場的野貓。

市場有幾隻流浪貓，有時會像這樣溜進來。

流浪貓氣定神閒地從我們面前走過，離開店裡。

「您的腳，就是在您說的那時候……？」

「是的。我坐輪椅坐了一段時間。經歷復健之後，雖然還是需要人幫忙，但終於又能走路了。挖掉我的小腿肉的，到底是什麼呢？」

「原本古時候，山上被視為人不該闖入的禁地。這叫『山中異界』，是把山中視為異界的說法。這裡所說的異界，指的是不同於人所生活的、人以外的事物居住的世界。」

「我去的那個地方，原來是異界嗎？」

「由於土地開發，被視為禁地的山區愈來愈少了。不過，那單純只是人類開拓了山區而已，那裡依舊是異界。村上先生在山裡祈禱，而棲息在山裡的某種事物實現了您的願望，但村上先生也付出了龐大的代價。您等於是不期然地與住在山裡的某物做了交易。至於那是什麼，那並非神佛，而是吃人肉的魔物。山裡有時潛伏著看不見的邪惡事物。但您沒有被取走性命，真是萬幸。」

「是說，阿公啊，要去上山的話，應該要更加小心一點才行啊！」

孫子生氣地說。一定是出於擔心吧。

孫子的話天經地義。大自然有時能輕易取走人命，不容小覷。

「大自然的可怕，催生出『山中異界』這樣的說法。村上先生，您的經歷再次告訴我們，日本人自古以來的感性有多麼敏銳。我會把它傳承給更多的人。」

我靜靜地遞出百圓硬幣。

「您的怪談，我用一百圓買下了。」

村上先生默默無語，雙手接過這一百圓，恭敬地行了個禮。

然後，他就如同來時，在孫子攙扶下，慢慢地回去了。

完

〔老闆的自言自語〕**鎮魂**

怪談是人們口耳相傳之物。

同時，怪談會從親身經歷轉化為傳聞、都市傳說、故事、傳說等等。

亦即，它會超越時代，變成被講述的故事。

然後，幾乎所有的怪談，背景都是某人的死。

這樣的死亡，多半都是悲慘的。

籠罩著這個人的死亡，超越世代被傳承下去。

從某個角度來看，或許也可以說，靈魂藉此獲得了永生。

同時，讓許多人知道過去曾有人遭遇如此悲慘的事，傳承到未來，也可以讓靈魂獲得安息。

這也就是為什麼會說，講述怪談，就是一種鎮魂儀式。

因此我希望，當你聽到一則怪談，可以將它說給另一個人聽。

唯有愈多人知道，故事中出現的痛苦的靈魂，應該就能獲得愈深刻的安息。

所以，我才會用一百圓這個單純明瞭的金額，買賣人們的怪談。

十二 遛狗

天色暗下來了。

只有燭光，大白天也昏昏暗暗的怪談買賣所，其黑暗之處變得越發深沉了。

往門口一看，暗處裡無聲無息地站著一名白衣女子。

我嚇了一跳。

四目相接，女子驚覺地說：

「啊！對不起！」

「歡迎光臨。」

「招牌上說的怪談，什麼樣的內容都可以嗎？」

我本來還懷疑是不是有女鬼上門了，但對方是個口齒清晰、開朗活潑的小姐。

「只要是非比尋常的經歷，什麼樣的內容都可以。」

對方似乎放下心來，快步走進店內，在椅子坐了下來。

我請教她的芳名，她說：「我叫仲井愛希」，一下子便說了起來。

怪談敘述者——仲井愛希小姐・二十九歲

那是距今約十年前，在我十九歲夏天時發生的事。

那天，我下班回到家的時候，都已經超過半夜十二點了。

現在我一個人住，但當時還住在家裡，我們家養了一隻狗，叫斑斑。一下班就去遛狗，是我每天的例行公事。

帶著斑斑去附近一座大公園繞上一圈，是我固定的遛狗路線，中間會稍事休息，大概走上一個小時吧。

那天晚上我也帶斑斑去公園。因為三更半夜，除了我們以外，沒有其他人。

公園裡的光線，就只有零星矗立的幾盞昏暗的路燈。

也許你會覺得三更半夜沒有人的公園很恐怖，但我每天晚上都去，所以並不覺得害怕。

公園深處有座像小丘的地方，登上小丘階梯後，有幾張長椅，我們都會在那裡休息一下。

我都固定坐在最裡面的長椅，不過，那天晚上我因為想要邊看記事本邊滑手機，所以選了路燈旁邊的長椅。我把牽繩綁在路燈柱子上，開始滑起手機。

一會兒後，我發現斑斑的動作怪怪的。

牠的頭上下移動，激烈地搖動尾巴，接著一屁股坐下來，瞇起眼睛，頭又上下動起來。

平常牠不會在公園這樣，我奇怪牠在做什麼，盯了一會兒，發現了一件事。那是有人摸牠的頭時，牠常會有的反應。

可是，這裡是三更半夜的公園，沒有人在摸牠。

我覺得詭異，看著斑斑的動作，突然有人說：「好可愛的狗狗。」

抬頭一看，斑斑前面有個男人。

明明上一刻沒有半個人，可是男人就在那裡。

我嚇得連一句話都說不出來。

那是個年約六旬的阿伯，穿著工廠制服，戴著工作帽，笑瞇瞇地俯視著我。

詭異的是，他渾身是血。

尤其是肚子一帶，鮮血淋漓。

我不知道是他是活人還是鬼，但不管怎麼樣，都很不尋常。

這種時候，絕對不可以和對方對望，或是回話，對吧？

那個阿伯說：

「小姐都會在這附近遛狗呢。」

「對，我都很晚才下班，所以……」

不知道為什麼，我回應了。

「工作到這麼晚啊。真辛苦。」

「已經習慣了。」

我明明怕死了，對方問，我卻不由自主地回話。這又讓我更害怕了。

「是喔？不可以太勞累啊。萬一搞壞身體就糟了。」

那個阿伯柔聲說道。要不是渾身是血，感覺就只是一個和善的阿伯向我攀談而已。

阿伯問我狗叫什麼名字，我告訴他，還反問：「阿伯你也常來這座公園嗎？」聊了些雞零狗碎的事。

可是，聊到一半，那個阿伯突然不說話了。

我奇怪怎麼了，看向阿伯，只見他抽動鼻子，似在嗅聞味道。

接著他一本正經地問：

「妳有沒有聞到血的味道？」

我就知道！要是回答就完了！

明明這麼想，我卻不知道怎麼搞的，居然回答：

「阿伯你渾身都是血啊。」

我說出來了！完了！我要被殺了！

我嚇得眼前一片漆黑。

可是，阿伯露出思忖的表情，接著恍然大悟地說：

「就是說呢。」

他露出悲傷的表情，柔聲說：「小姐也早點回家吧。這麼晚了，待在這種地方很危險。」掉頭離開了。

阿伯的背影看起來有些寂寞，我明明很害怕，卻不知為何想要安慰他幾句，正在尋思之間，阿伯驀地在我走上來的階梯途中消失不見了。

他果然不是活人……

後來好一段時間，我都不敢靠近那座公園，但幾個月後，又開始去那裡遛狗了。

不過，我再也沒有遇到那個阿伯。

〔解說〕 鬼魂的可怕另一面

「雖然可怕，卻又讓人覺得有點悲傷呢。」

「是啊，會忍不住感到悲傷呢。其實，我最近才跟我媽說了這件事。先前因為害怕，我一直不敢告訴任何人。其實那座公園，聽說有時候會有人跑去自殺。可是上吊自殺的話，不會全身血淋淋對吧？所以我很納悶那個阿伯到底是怎麼回事。結果我媽說，那座公園在戰爭的時候，曾經被用來暫放因空襲而過世的遺體，說我看到的阿伯或許是那時候的人。」

聽到這話，我感到信服。

在空襲中過世的人，直到喪命的那一刻，都不相信自己會死。

在敵人的戰鬥機飛來之前，應該都過著平常的生活。

過著日常生活，突然一顆炸彈從天而降，糊里糊塗喪命，本人應該也一頭霧水，甚至沒有發現自己已經死了。即使理解自己已經死了，或許也不願意相信。

若是強烈地否認自己的死亡，即使渾身是血，或許也會假裝沒發現。然後變成鬼魂，向偶然來到死亡地點的女子攀談，在短暫的時間內，就像生前那樣與人閒話家常。

可是，不管再怎麼假裝活人，血腥味仍不會消失。

被對方指出自己渾身是血，認清自己已經死亡的事實。

所以那個阿伯才會露出悲傷的表情消失。

不過，即使發現自己已死，痛苦難過，那位阿伯依舊不忘關心仲井小姐。可能是因為他很感謝仲井小姐陪他聊天。

不管怎麼樣，他都是一個很和善的人吧。

距今近八十年前，日本和外國發生過戰爭。

不管是日本人還是外國人，都有許多無辜的人平白喪命了，然而隨著歲月流逝，知道戰爭的可怕、悲慘的人愈來愈少了。

現在怪談也被視為瞭解戰爭的一種契機，受到矚目。

怪談裡登場的鬼魂很可怕。

但鬼魂原本也是活人。

活人會變成鬼魂，是有理由的。

如果仲井小姐遇到的阿伯，真的是在空襲中身亡的人，這也表示他在將近八十年的歲月間，都以渾身血淋淋的鬼魂樣貌，獨自一個人待在那座公園裡。

想想那位阿伯的處境，真不知有多麼地寂寞、悲傷。

不要因為對方是鬼魂，就不分青紅皂白地害怕、排斥，想想對方為何會變成鬼魂，或許就可以看到不同的另一面。

……我這麼說完，仲井小姐開心地說：

「沒錯！雖然我嚇死了，但又覺得有點難過、又有點暖心，一想起那個阿伯，感受就好複雜，連自己也說不清楚。不過現在我覺得這樣就好了。」

聽到仲井小姐這麼說，我感到十分欣慰。

長年來我一直在蒐集怪談。

結果不知不覺間，經常會對鬼魂感到同理、同情。

然後，我發現了一件事——

有些鬼魂很和善，也有些鬼魂很可怕。

因為無論是怎樣的鬼魂，生前都和我們一樣是人。

人死後變成鬼魂，都是有理由的。

有些是碰到可怕的遭遇，慘遭殺害；有些是心願未了，卻突然死於意外；或是留下心愛的人，因病死別。

幾乎都是令人悲傷的事。

如果沒有這些事，那些人應該也不會變成鬼魂。

這麼一想，便覺得不管再怎麼可怕的鬼魂，他們的模樣或現身的方式愈是駭人，就愈傳達出他們死時的悲傷痛苦與不甘有多麼強烈，令人難過不已。

鬼魂很可怕。

但在這樣的可怕背後，有著形形色色的人們、形形色色的人生。

想到這些，甚至會對鬼魂感到疼惜。

不過，我並沒有對仲井小姐說這麼多。

「謝謝您告訴我這麼棒的經歷。」

我說著，向仲井小姐遞出百圓硬幣。

「您的怪談，我用一百圓買下了。」

完

十三　漢字練習簿

鈴……，店頭的梵鐘又響了。

「歡迎光臨，請進。」

入內的是一名個子高䠷、年約五十歲的先生。

「不好意思，這裡可以訴說怪談嗎？」那位先生平靜地問。

「您遇到什麼奇妙的事嗎？」

「是的，在我小學的時候。雖然沒有遇到鬼，但怎麼說，整件事都很怪，讓我直到現在都還放不下。雖然我不知道這稱不稱得上怪談……」

「請務必說來聽聽。請進。」

我說完，請那位先生入內，在椅子坐下來。

「請問貴姓大名？」

那位先生徐徐道來：

「我叫水谷大輔。就是……」

感覺他會是今年夏天最後一位客人。

怪談敘述者——**水谷大輔先生・五十四歲**

我從出生到大學畢業，都一直住在京都。

我是家中獨子，但有個堂妹，就像我的親妹妹。

堂妹就住在我家附近，家裡只有叔叔嬸嬸和她三個人。

她小我三歲，叫小愛。

我們兩家感情非常好，經常去彼此的家裡做客。因為我們是親戚，更重要的是，我跟小愛年齡相近。小愛都叫我哥哥，跟我很親。

我們就像一對親兄妹一樣，一起長大，兩家感覺就像一大家子，經常結伴出遊。

每年暑假的兩天一夜旅行，尤其讓人期待。這件事就發生在某年的暑假旅行。

當時我讀小學五年級，小愛讀二年級。我們兩家一起去滋賀縣的琵琶湖旅行。計畫要在那座全日本最大的湖泊附近住上兩天，游泳游個痛快。從京都到滋賀縣的琵琶湖，搭電車轉乘幾次，大概一小時就到了。那天早上大家一起出發，上午就到了。

把行李放到湖畔的民宿後，我們立刻玩瘋了，一路玩到傍晚。在湖裡游泳，在沙灘奔跑，真的好快樂。民宿豐盛的晚餐和寬闊的澡堂也令人開心。

隔天我還想在湖裡多玩一會兒，一大早就吃完早飯。

於是約了小愛：

「我們去湖裡玩吧！」

然而嬸嬸卻擋了下來說：「還不行」。

嬸嬸說，小愛的暑假作業還剩下一大堆，這樣下去會來不及做完，就算在旅行期間，也得在上午完成當天進度，才能出去玩。

我沒辦法，只好跟父母還有叔叔四個人一起去湖邊。

至於小愛，她在快中午的時候終於寫完作業，趕忙跑到湖邊來。

我們兩家一起吃過午飯後，下水玩了一下。

我們彼此潑水、潛進湖裡、套上游泳圈在水面漂浮。

玩著玩著，不知不覺間，小愛好像一個人跑到腳踩不到底的湖泊深處了。她套著一個大游泳圈，可能是漂走了。

我發現小愛不見了，想要告訴母親，就在這時——

不遠處傳來大人們大喊大叫的聲音。

往那裡一看，幾名大人匆匆忙忙地跑向湖泊那裡。一個男人從湖裡抱著一個全身癱軟的女孩上岸了。

是小愛。

小愛的手腳和頭都軟軟地垂著。

我只瞥見一眼而已，卻到現在都還印象深刻。

小愛溺水了，溺水沉到湖底下了。

小愛立刻就被救護車載走了，但聽說當時她就已經死了。

兩家人根本無心繼續旅行。我們連忙返回京都，接下來就是守靈、葬禮等等，兵荒馬亂。

一晃眼好幾天過去，注意到的時候，暑假也結束了。

第二學期開始了。

一個月過去、兩個月過去，我漸漸習慣沒有小愛的生活。

就在某個星期天下午，我們一家三口正在客廳休息。

電話忽然響起，母親接聽。

「好，我們這就過去。」

母親掛斷電話，說：

「敦子叫我們三個現在過去她們家。」

敦子就是嬸嬸，小愛的母親。

我們立刻去了小愛家。這是小愛的葬禮後，我們第一次去她們家。

我想起琵琶湖的那場悲劇，強忍淚水，進去小愛家。

母親問：

「怎麼了嗎？」

嬸嬸沉默了一下，斷斷續續地說了起來。

嬸嬸說，自從從琵琶湖趕回來，把小愛的東西放回她的房間，關上門以後，就再也沒有踏進去裡面過。

因為她會想起小愛，悲痛不已。

可是，都已經快三個月過去了，嬸嬸覺得必須開窗換個氣，打掃一下才行。在把我們找去的前一天進了小愛的房間。

小愛的房間維持著那天的模樣。

房間正中央，擺著嬸嬸當時放下的小愛的背包。

桌上還攤著旅行前一天小愛寫到一半的暑假作業簿。鉛筆也還放在旁邊。嬸嬸說，一想到作業簿和鉛筆都是小愛放在那裡的，她就沒辦法去碰。覺得如果去碰，會連小愛曾經存在於那裡的事實都消失不見。

但嬸嬸又覺得必須整理才行，勉強振作起來，打開窗戶，開始收拾。
她把背包裡的東西也拿出來了。
結果發現了漢字練習簿。
是那天上午小愛在寫的功課。
嬸嬸打開作業簿。
小愛依照吩咐，好好地把漢字練習簿都寫完了。
嬸嬸說她差點又快哭出來。
這也難怪，畢竟那本練習簿會讓她直接聯想到人生最悲痛的那一刻。
嬸嬸說到這裡，忽然沉默了。
好一會兒後，換叔叔接著說下去。
「上面寫著奇怪的東西。」
叔叔把小愛的漢字練習簿拿到桌上，那是小二暑假作業發下來的漢字練習簿。

我的母親問著：「可以看嗎？」，從第一頁開始翻起。

我和父親從左右兩邊探頭看去。

漢字練習簿的右頁有三個漢字，註明讀音、釋義、筆畫等等。左頁則是格子，用來練習寫右頁的漢字。

小愛很認真地練習寫字。

沒有任何奇怪的地方。

「有什麼奇怪的地方嗎？」母親問。

嬸嬸小聲回答：

「妳再繼續翻頁。」

母親繼續一頁頁翻下去，我和父親在旁邊看著，接近最後一頁時，母親「咦？」了一聲，手停住了。

「這是什麼？」
我也忍不住驚呼了一聲。
小愛在左頁練習的字很奇怪。
前面都是在左頁練習右頁印刷的漢字，這一頁卻寫著完全無關的字。

「水」。
左頁所有的格子，全部填滿了「水」這個字。
是小愛的字。前面明明都很認真練習，怎麼突然寫起別的字來了？
母親一臉奇異地抬頭，嬸嬸臉色蒼白地說：
「很奇怪對吧？妳再翻一頁。」
母親翻頁，下一頁也很奇怪。
「冷」。

左頁練習寫的字又不一樣了。全被「冷」字給填滿了。

嬸嬸發著抖，小聲說：

「妳再翻一頁。」

翻開的那一頁，是漢字練習簿的最後一頁。

那裡也是不一樣的字。

「死」。

填滿最後一頁的，是小愛寫的「死」這個字。

「水」、「冷」、「死」。

我們啞然無語，只能盯著練習簿上的字。

水、冷、死，完全就是發生在小愛身上的事。

小愛是預知了自己的命運嗎？

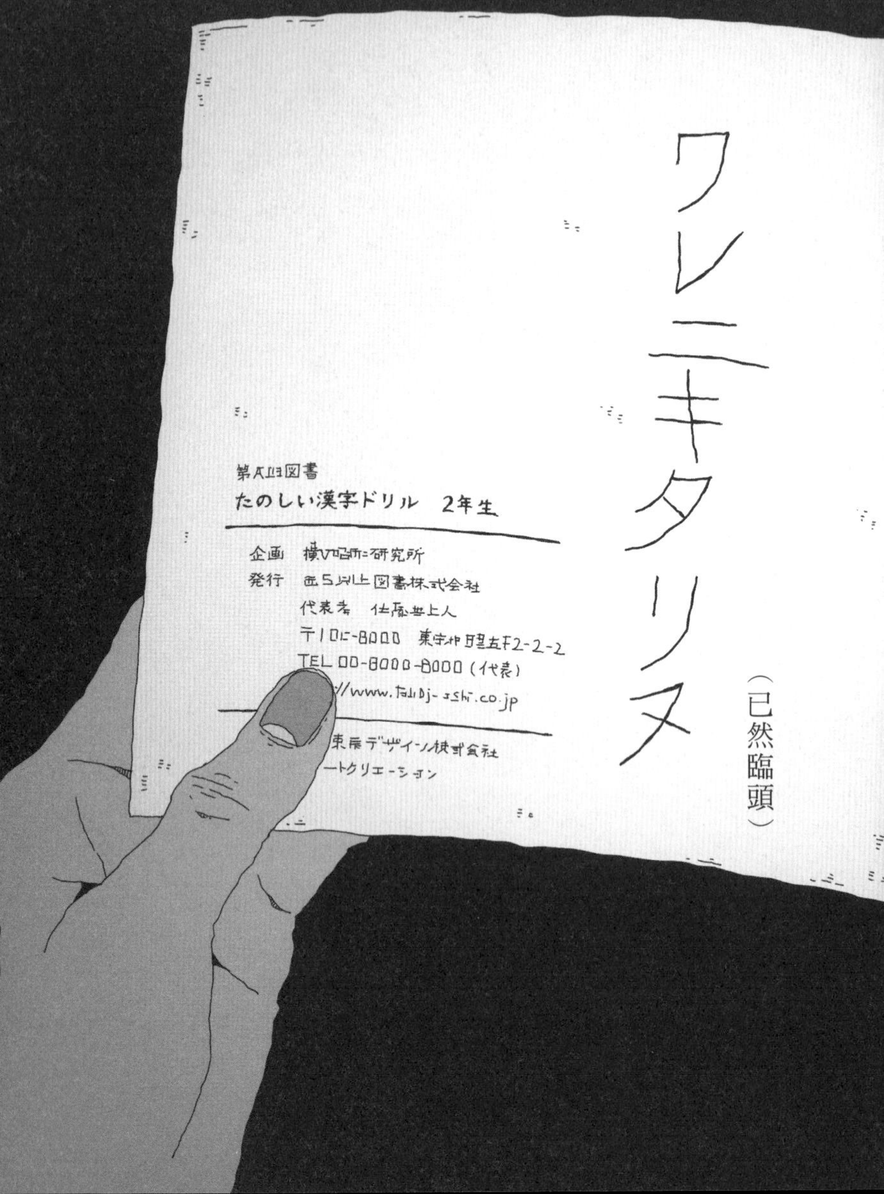
ワレニキタリヌ
（已然臨頭）
たのしい漢字ドリル　2年生
企画
発行
代表者
TEL 00-8000-8000（代表）

半晌之間，沒有人出聲，但嬸嬸又小聲開口：

「再翻一頁。」

翻到最後一頁，那裡不是練習寫字的地方，而是版權頁，印刷著製作這本漢字練習簿的出版社名稱和發行日期等等。

旁邊有小愛的字。上面這麼寫著：

「已然臨頭」。

這是什麼意思？

不是小學二年級的小女孩會寫的字句。

整個莫名其妙……

叔叔和嬸嬸說他們會找我們過去，也是想讓我們看看這些，問問我們的意見。

現在我也已經年過五旬了。
最近我經常想起以前的事。
還有兒時快樂的回憶。
當然，也有許多和小愛相處的快樂回憶。
不過，每次想起小愛，那本漢字練習簿上的字就會浮現腦海，讓我在懷念與悲傷的同時，又感到害怕不已，感受複雜萬分。

〔解說〕自動書寫與言靈

說完後，水谷先生低聲道：

「即使到了這把年紀，我依然會不時想起，疑惑小愛為何要在漢字練習簿上寫滿那樣的文字。」

「我想那些文字，應該不是小愛同學以自己的意志寫下的。是手自己寫了起來，這種現象叫做『自動書寫』。自動書寫出來的文字或圖畫，有些莫名其妙，也有些是大有玄機。據說，是看不見的存在操縱人們寫下的。『已然臨頭』，也就是『已經到來了』的意思吧。把這些文字串連在一起，就是『冰冷的水所帶來的死亡，已經降臨到我的身上』。看起來像是在預言即將溺死的命運，也可以解讀為因為寫下了這些文字，才會演變成那場悲劇。」

「自動書寫？我第一次聽說。原來有這樣的東西？」

「是的。另外，日本自古以來，就有『言靈』這種思想，認為說出口的話具有神祕的力量，會一語成讖。」

水谷先生不安地說：

「話語具有這麼強大的力量……？」

我接著說：

「沒錯。比方說，如果有人說了過分的話，我們就會生氣，爆發爭吵。話語具有影響他人、驅使人行動的力量。我聽說運動選手對自己說『結果操之在我』、『我可以突破最佳成績』，就能如願締造佳績。也有人說，把願望寫下來每天晚上看一遍，就會成真。有人說這是自我暗示，但也算是一種言靈吧。然後不論好壞，要如何看待、運用言靈，是每個人自己的選擇。」

水谷先生點著頭，聚精會神地聆聽。

「小愛同學的事令人難過。重要的人不幸過世，不管經過多久，都絕對無法忘懷。但一直牽掛不下，不管是對水谷先生還是對小愛同學都不好。是不是應該把小愛同學的事讓您發現的言靈力量，往好的方向發揮呢？這樣也才能安慰小愛同學在天之靈。」

我說完之後，水谷先生依然低頭不語。

「嗯……，你說的沒錯。」

接著他看開似地抬起頭，筆直地看著我：

「這件事一直讓我耿耿於懷，但現在稍微釋懷了一些。言靈啊……」

水谷先生說完，露出微笑，堅定地站了起來。

100
昭和62年
平成14年
日本国
平成5年
平成7年
昭和43年
平成6年

「宇津井老闆，謝謝你了。」

接著，他恭恭敬敬地收下我遞給他的百圓硬幣。

「這枚百圓硬幣我不會花掉，會珍藏起來。」

「這樣做或許不錯。您的怪談，我用一百圓買下了。」

完

打烊

怪談買賣所的夏天結束了
每天晚上　都有這樣的人們上門拜訪
述說各種奇妙的體驗
也有人前來聆聽奇妙的經歷

世上充斥著神祕
人們也渴求著神祕
怪談買賣所就此打烊了

待季節流轉

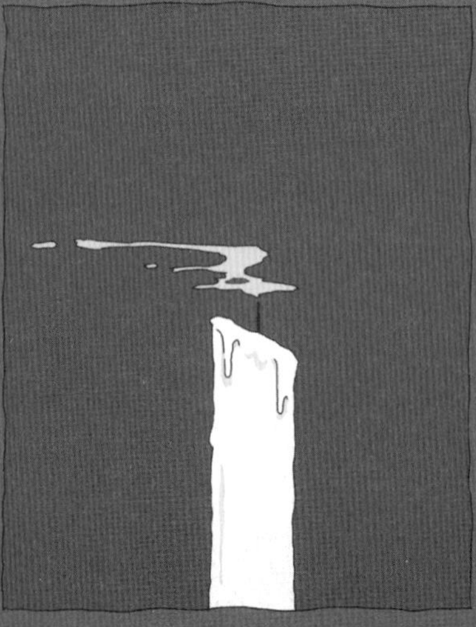

充斥著怪異事跡的時刻再度造訪時
怪談買賣所
又會自黑暗中現身

在那之前
敬請各位好自為之
千萬別被捲入詭奇異象的漩渦裡
不可自拔了

※本作品是依據真實存在於兵庫縣尼崎市的商店「怪談買賣所」所買賣的怪談重新編纂而成。除了部分人名及地名外，皆經過更改，但內容都是與各位生活在同一個時代的人們實際經歷的真實怪談。

※各篇結尾的百圓硬幣，發行年代似乎各有不同。其中隱藏著什麼樣的意義呢？

怪談買賣所——你的撞鬼經驗，我用１００圓買下了！

作　　者　宇津呂鹿太郎
Usturo Shikataro
譯　　者　王華懋
繪　　者　sakiyama

責任編輯　鄭世佳 Josephine Cheng
責任行銷　袁筱婷 Sirius Yuan
封面裝幀　木木 Lin
版面構成　譚思敏 Emma Tan
校　　對　許世璇 Kylie Hsu

發 行 人　林隆奮 Frank Lin
社　　長　蘇國林 Green Su

總 編 輯　葉怡慧 Carol Yeh
日文主編　許世璇 Kylie Hsu
行銷經理　朱韻淑 Vina Ju
業務處長　吳宗庭 Tim Wu
業務專員　鍾依娟 Irina Chung
業務秘書　陳曉琪 Angel Chen
　　　　　莊皓雯 Gia Chuang

發行公司　悅知文化　精誠資訊股份有限公司
地　　址　105 台北市松山區復興北路99號12樓
專　　線　(02) 2719-8811
傳　　真　(02) 2719-7980
網　　址　http：//www.delightpress.com.tw
客服信箱　cs@delightpress.com.tw
I S B N　978-626-7406-81-6
建議售價　新台幣３６０元
首版一刷　２０２４年６月
　　二刷　２０２４年７月

國家圖書館出版品預行編目資料

怪談買賣所：你的撞鬼經驗，我用100圓買下了！／宇津呂鹿太郎著；王華懋譯．-- 初版．-- 臺北市：悅知文化精誠資訊股份有限公司，2024.06
264面；12.8×19公分
ISBN 978-626-7406-81-6（平裝）

861.57　　113007762

建議分類—文學小說、翻譯文學

悅知文化
Delight Press

線上讀者問卷 TAKE OUR ONLINE READER SURVEY

怪談，就是一種鎮魂儀式。
唯有愈多人知道，故事中出現的痛苦的靈魂，就能獲得愈深刻的安息。

——《怪談買賣所》

請拿出手機掃描以下QRcode或輸入以下網址，即可連結讀者問卷。
關於這本書的任何閱讀心得或建議，歡迎與我們分享 :)

https://bit.ly/3ioQ55B

一篇100圓，
十三篇共收您1300圓！
那麼，敬請各位好自為之，
別被捲入詭奇異象的漩渦裡！

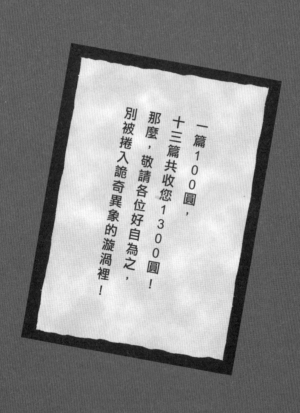